물건이 건네는 위로

물건이 건네는 위로

AM327 지음

나를 닮은 물건들이 마음을 살피다

감회가 남다르다. 이 글과 그림들이 모여 책으로 나오다니. 첫발을 내디뎠을 때를 떠올려본다. 나를 위한 작업으로 그림에세이를 쓰고 있었다. 글을 먼저 쓰고 다듬고 나서 매 컷 그림을 매치시키는 방식으로 그렸다. 그런 의미에서 긴 글은 내게 그림의 시작이었다.

당시 작업실로 쓰던 거실 책상에 앉아 글감을 찾기 위해 찬찬히 주변을 둘러보았다. 꼭 나 같은 것들이, 나와 닮은 얼굴을 하고는 나를 둘러싸고 있었다. 내가 사들인 물건들인데도 그 자리에 있음이 생경했다. 동시에 하나하나를 사들이던 당시의 사연과 내 마음의 꼴이 머릿속으로 하나둘 소환되었다. 그것들을 빨리 종이에 기록하고 싶은 마음이 일었다. 나는 그림을 그리는 사람이니까 글은 그림의 양념과 같은 역할을 해야 한다는 틀이 있었는데 이번에는 그 반대였다. 퇴사하며 구입한 만년 달력을 시작으로 오랜 시간에 걸쳐 서른 편 남짓 되는 글을 써 내려갔다.

물건들은 저마다의 이야기를 귓가에 쉴 새 없이 재잘거렸다. 하나의 물건을 떠올리며 문장으로 생각을 정리하다 보면 어느새 나는 과거의 그 자리에 서 있었다. 어떤 물건에서는 외할머니 집 커튼 묵은내와 같은 그리움이 묻어났고, 어떤 물건을 통해 마음속 깊숙이 숨겨두었던 것을 억지로 끄집어내려다가 아직 무뎌지지 않은 칼날에 마음을 다쳤다. 그런 날은 일찍 누워도 한참 어둠 속에 있어야 했다. 아픈 감정이 올라오게 하는 물건은 시간을 오래 두고 바라봐주었다. 물건이 다시 마음 한켠을 내어주는 날에만 글을 썼다.

어떻게든 마지막 문장의 마침표를 찍고 나면 여태껏 용서하지 못했던 그때의 나와 화해하는 기분이 들어 개운했다. 퇴고를 거듭하다 보니 지금은 내 곁에 없는 물건도 있다. 그래서 때로 글을 쓰는 작업이 그 물건을 추억하며 회상하는 꼴이 되기도 했다. 당시에는 나와 함께 제일 빛났는데 이제는 곁에 없다니, 떠난 물건은 꼭 헤어진 연인 같았다.

서른한 개의 이야기가 결국은 모두 유쾌하게 귀결되었다. 물건마다 각각의 사연이 있고 애틋함이 있었기에 가능했다.

그것들에 관한 글을 쓰기 위해 어제를 돌아보는 녹진한 시간을 보냈다. 물건에 관해 이야기하며 살핀 것은 결국 내 마음의 안위였다. 물건의 자취를 좇다 보니 나와 더 애틋해진 기분이다.

소중한 물건들을 되짚는 과정을 거치고 나서 그 물건이 얼마나 나를 닮아 있고 나를 대변하는지 실감했다. 내가 가진 물건이 나를 말해주고 있는 것이다. 살아 있는 한 현재진행형일 나의 소비는 이 프로젝트의 이름 '사고재비 – 나의 생각하는 소비생활'처럼 계속해서 사유의 과정을 거칠 것이다. 나를 살피는 소비로 마음을 돌보는 방법이 하나 늘어서 기쁘다.

1장 추억은 오늘이 된다

2장 관심이 태도가 되기까지

3장 삶의 전환점에서

감정이 복잡해지면 책상 서랍을 하나씩 꺼내 내용물을 모두 바닥에 붓고 청소를 시작했다. 버릴 것과 쓸 것을 구분 지어 다시 담는 동안 마음도 함께 정리되는 기분이 들었다. 성인이 되어서도 어릴 적 버릇은 그대로다.

추억은 오늘이 된다

오늘 붙잡아두고 싶은 생각

갈색 가죽 다이어리

미루지 않고 자발적으로 쓴 최초의 일기장은 자물쇠를 거는 방식의 노트였다. 나이에 비해 덩치가 큰 옆 반 친구의 이야기를 주로 적었다. 짝사랑하던 그 친구에게 문구점에서 산 장난감 반지를 선물했는데 새끼손가락에도 안 맞아서 슬펐다는 이야기도 적었다. 초등학생의 마음에 담아두기에는 버거웠던 설렘을 자물쇠에 의존하여 가감 없이 기록했다.

그러던 어느 날 우연히 옷핀으로도 쉽게 열릴 만큼 일기장이 허술함을 알게 되었고, 몰래 훔쳐본 엄마의 흔적을 발견하고 말았다. 자물쇠가 열린 행적을 찾아낸 다음 날은 고개를

마음을 되짚어 보니 다이어리를 쓰는 일은 살아지는 대로 사는 것에 대한
저항이었다. 하루를 기록함으로써 삶을 내 나름의 방식대로 꾸려 나가고 싶다.

숙인 채 아침밥을 먹었다. 차마 버리지 못하고 옷장 깊숙이 숨겨둔 그 일기장은 어디로 사라진 걸까?

중고등학교 시절에는 좋아하는 아이돌의 잡지 사진을 덕지덕지 붙인 일명 '덕질 전용' 일기장을 썼다. 소년티를 벗기 전인 풋풋한 오빠들의 모습과 주황색으로 도배가 되어 있었다. 최근 본가에 내려갔다가 발견했지만 차마 열어볼 용기는 생기지 않았다. 기록은 다 소중하다지만 곧 이사할 엄마에게 슬쩍 뒷일을 맡겼다.

밀려오는 과제를 쳐내기 바빴던 대학생 시절에는 튼튼한 양장 다이어리에 먼슬리, 위클리 스케줄을 빼곡히 채웠다. 다람쥐 쳇바퀴 같은 일정을 써넣는 데 왜 그리 부지런했을까 싶지만 뻔한 내일의 학교생활도 설레는 스무 살이었다. 자물쇠 일기장은 사라졌으나 그 뒤로 기록한 나의 역사들은 하얀 박스 속에 옹기종기 모여 잠자고 있다.

일정 시간이 지나면 낯간지러워 10초 이상 들여다보기 힘든 일기를 계속 기록하는 이유가 뭘까? 정리되지 않은 감정을 나만 볼 수 있는 종이에 두서없이 쏟아낸다. 그리고 가만히 들여다본다. 앞뒤 사방으로 돌려가며 생각하느라 버거웠던 문제가 어느 순간 객관화되어 납작하게 보이기 시작한다. 마음속 무거운 짐과 같은 존재를 친구에게 털어놓았을 때와는 또 다른 평온이 찾아온다. 그렇게 써 내려간 날 것의 마음이 어느 정도 시간을 두고 숙성이 되면 그림으로 남긴다. 일기에서 그림으로 가는 흐름이 이어져 있으니 내가 일기를 쓰는 일은 필연적인 것이다.

요즘은 몇 해 전에 큰맘 먹고 산 두꺼운 가죽 다이어리를 사용한다. 손때가 묻을수록 매력이 빛나는 가죽 커버에 속지만 원하는 타입으로 바꿔서 오래 쓸 수 있다. 나는 TO DO LIST와 무지 노트를 사용하고 있다. 오전 칸과 오후 칸, 그리고 비어 있는 줄로 구분되는 TO DO LIST의 맨 아래 빈 줄 부분에 자기 전 그날의 감사한 일 세 가지를 적는다. 얼마 전 감기로 고생하던 날의 페이지에는 이렇게 적혀 있다.

바쁜 일이 끝나고 아파서 다행이니 상황에 감사합니다.
아파도 바로 병원에 갈 수 있는 환경에 감사합니다.

마음이라는 것은 가만히 두면 나태해지고 부정적인 방향으로 흐르기 마련이다. 머릿속이 소란한 우주 같았던 하루는 더하다. 멍하게 보낸 날도 가까스로 감사함을 찾아내 기록하다 보면 따뜻한 마음이 고개 드는 것을 발견할 수 있다. 끊임없이 돌봐야 중간은 갈 터이니 작은 일에도 감사하는 마음에 대한 기록을 게을리하지 않겠다고 다짐한다.

흘러가는 생각 중 쓸 만한 것은 붙들어 종이에 끄적인다.

또 다른 페이지에 오늘의 할 일을 적어 눈으로 확인하고 하나 하나 실행에 옮길 때마다 색연필로 밑줄 긋는 행동에서 오는 성취감은 소중하다. 마음을 되짚어 보니 다이어리를 쓰는 일은 살아지는 대로 사는 것에 대한 저항이었다. 하루를 기록함으로써 삶을 내 나름의 방식대로 꾸려나가고 싶다.

마음의 묵은 때도 닦을 수 있다면

어린 시절, 엄마에게 혼나거나 오빠와 다투는 날이면 어김없이 내 책상은 광이 날 정도로 반질거렸다.

어떤 연유로 청소를 택했는지 기억나지 않지만 감정이 복잡해지면 책상 서랍을 하나씩 꺼내 내용물을 모두 바닥에 붓고 청소를 시작했다. 버릴 것과 쓸 것을 구분 지어 다시 담는 동안 마음도 함께 정리되는 기분이 들었다.

성인이 되어서도 어릴 적 버릇은 그대로다. 근심이 깊어지는 날이면 집안 곳곳을 공들여 닦아낸다. 담아두었던 근심을 지워내듯 쓰지도 않으면서 끼고 살던 물건을 과감히 버리기도 한다. 청소가 끝나고 나면, 형태조차 없는 이 감정이라는 녀석에 홀려 눈 가린 채 끌려다녔던 불과 몇 시간 전 내 모습이 허탈할 만큼 홀가분해진다.

머리가 복잡하거나 우울한 날이면 가만히 누워 암울한 기운이 마음의 방을 갉아먹는 것을 지켜본다. 그 기운이 날 삼키다 못해 손끝이 투명해질 듯해서야 두려워진 마음이 청소에 시동을 거는 것이다. 우울, 불안, 슬픔이 나를 잠식하게 두어서는 안 된다고 주문을 외우며 버리고, 닦고, 털어낸다.

최근 구입한 물걸레 청소기는 내 평정심을 지키는 데 중요한 역할을 하는 청소라는 행위에 박차를 가하는 아이템으로 자리 잡았다. 당기듯 움직여서 뽀득뽀득 소리가 나게 바닥을 닦은 뒤 간편한 작동법으로 세척까지 할 수 있다. 청소기만으로는 아쉽고 무릎관절 걱정에 쪼그려 앉아 닦는 것은 걱정되었던 바닥 청소의 마무리로 그만인 것이다.

청소기를 내 쪽으로 당겨가며 바닥을 닦을 때 마음속 걱정도 바닥에 툭 꺼내어둔다. 그 걱정을 먼지와 함께 닦는 상상을 한다. 그래도 묵은 때처럼 남은 근심이 고개를 내밀면 쓰레기봉투 끝을 묶기 전에 밀어 넣어 함께 버린다. 오늘도 말끔해진 집이 꼭 후련한 내 마음 같다고 여기며 방금 간 원두를 필터에 내린다. 역시 청소는 미루지 말고 제때 해야 한다고 뿌듯해하는 일도 빼놓지 않는다.

우울, 불안, 슬픔이 나를 잠식하게 두어서는 안 된다고
주문을 외우며 버리고, 닦고, 털어낸다.

그 시절, 그 향

얼굴에 선크림조차 바르지 않고 다니던 풋내기 스무 살, 음악을 하는 두 살 터울 남자와 연애를 했다. 아직 군대도 가기 전이었던 그는 친구들과 밴드를 하고 기타를 치며 홍대 앞 클럽에서 공연으로 돈을 벌었다. 이마에 가난이라 적힌 직업이었다. 용돈을 받아서 쓰는 학생이었던 내 처지나 가난한 뮤지션이었던 그 사람 처지나 오십보백보였다. 더치페이를 정확히 하진 않았지만 한 사람이 밥을 사면 한 사람은 커피를 사고, 다른 한 사람이 한 끼 계산하면 다른 한 사람이 눈치껏 디저트를 샀다.

첫 에스프레소와의 강렬한 만남 이후
사계절이 서너 바퀴 돌아 직장인이 되면서부터
지금까지 매일 한 잔 이상의 커피를 마시며 살고 있지만
그때의 에스프레소를 잊을 수 없다.

암묵적으로 그가 마실 거리를 살 차례가 되어 프랜차이즈 커피 전문점에 들어갔다. 당시 내게 디저트 타임이라는 건 학교 앞 KFC에서 비스킷에 콜라를 시키거나 기껏해야 배스킨라빈스에 가서 파인트를 시켜놓고 친구들과 얼굴 맞대고 수다를 떠는 정도였다. 그때까지 커피는 까맣고 쓴 물 정도로 여기던 나는 커피숍에 갈 일이 없었다. 그날, 커피 가격을 제대로 보고 속으로 깜짝 놀랐다. 커피값이 밥값과 비등하다니.

한참을 카운터 앞에 멀뚱히 서 있었다. 남자는 자연스럽게 늘 먹던 걸 주문했지만 (그게 뭐였는지는 기억나지 않는다) 난 커피 맛에 대한 궁금증보다 가난한 음악인에게 부담을 주기 싫은 마음이 앞섰다. 눈알을 굴려 가장 싼 가격의 커피를 찾아냈다. 능청스럽게 난 저걸로 하겠다며 에스프레소를 가리키자, 남자는 커피도 못 마시는 네가 저걸 어떻게 마시겠느냐고 물었다. 나는 '가끔 마실 때도 있다'며, 입이 텁텁하여 오늘은 에스프레소로 하겠다고 태연하게 굴었다. 커피가 나온 걸 보고는 미니어처 컵이 왜 나왔나 했다. 손가락 하나 겨우 걸 수 있을 법한 잔을 엉거주춤 들었다. 그때 입술을 적신 쓰디쓴 사약 맛을 아직도 혓바닥이 기억한다. 그 후 15년째 에스프레소는 장난으로라도 입에 댄 적이 없다.

작업실에서는 커피머신을 쓰지만, 집에서는 커피를 내려 마신다. 커피 종류에 맞게 입자를 조절해서 자동 그라인더로

원두를 가는 동안 전기 주전자로 물을 끓인다. 끓인 물을 끝이 길고 얇은 주전자에 옮겨 담아 갓 갈아낸 원두가 담긴 필터 위를 둥그렇게 적신다. 산미가 강한 건 아직도 마시기 힘들지만, 요즘은 그래도 커피가 신선하다는 것이 어떤 맛인지 조금 알 것 같다. 커피가 맛있다는 카페에 부러 찾아가 보기도 한다. 나만의 커피 취향이 생긴 정도로 만족하며 즐긴다.

첫 에스프레소와의 강렬한 만남 이후 사계절이 서너 바퀴 돌아 직장인이 되면서부터 지금까지 매일 한 잔 이상의 커피를 마시며 살고 있지만 그때의 에스프레소를 잊을 수 없다. 유일했던 직장 생활을 함께한 부장님이 에스프레소 콘파냐를 마실 때마다 생각났고, 피렌체 여행 중 작은 잔 손잡이에 손가락을 끼우고 새까만 에스프레소를 한입에 털어 넣더니 평온하게 제 갈 길을 가던 이탈리아인을 보면서도 생각났다. 쓴맛은 쉽게 잊기가 힘들다. 그렇지만 순수했던 그 시절의 나를 떠올리는 일은 즐겁다. 삶의 모든 과정이 달콤하지만은 않듯이 쓴맛 사이에서 발견하는 단맛, 신맛, 부드러운 맛들이 새삼 소중하게 느껴진다.

너와 나의 적절한 거리

강아지 리드 줄

우리 집에는 늘 개가 있었다. 마지막으로 키웠던 포메라니안 샛별이와 지낼 때는 마당이 있는 집에서 살았다. 작은 여우 같았던 샛별이는 방에서 나와 함께 잠을 잤다. 아침에 마루 문을 열어주면 마당으로 사뿐 뛰어나가 능소화나무 아래서 소변을 봤다. 내가 등교 준비를 하는 동안 이른 시간의 냄새를 한참 맡다가 집에 들어오고 싶으면 마루에 토실한 앞발을 걸치고 낑낑댔다. 발을 닦여 올려주고 학교로 향하는 것이 아침 일과였다. 사춘기 시절 엄마의 속을 새까매지도록 썩이던 나 대신 딸 노릇을 톡톡히 하며 유일하게 엄마를 웃게 하던 영특한 아이였다. 사고로 샛별이가 죽고 엄마는 두 번 다시 개를 키우지 않겠노라고 다짐했다.

서울살이를 위해 상경하고 얼마 지나지 않아 취직했다. 지방에서 올라와 혼자 사는 직장인 대부분이 그렇듯 2년에 한 번씩 거처를 옮겨야 했다. 이왕 시작된 떠돌이 신세, 회사로 향하는 길이 만만한 동네라면 어디든 돌아다녀 보자 싶었다. 정들만 하면 이사를 준비해야 했지만 옮길 때마다 만기 된 적금으로 보증금을 높이고 월세를 줄일 수 있었다. 그것만으로도 스스로 기특하게 생각하며 다음 동네를 물색했다.

천이 흐르는 공원 가까이에 집을 구했다. 이어폰을 집에 두고 아침저녁으로 강의 비릿한 내음을 맡으며 산책했다. 나를 건강하게 하기 위한 의식처럼 우이천을 걸으면서 수많은 개들과 마주쳤다. 개를 키우고 싶다는 생각은 오래된 바람이었지만 산책 길에 온 동네 개들을 다 만나면서 그 열망이 더 커졌다. 혼자서 개를 키울 수 있을까? 나의 외로움이 부른 이기심일까? 강 내음을 맡을 때마다 내 앞에 무수히 많은 질문들이 펼쳐졌다.

'내가 잘할 수 있을까?'

스스로 장담하기 어려운 질문이었다. 몇 달을 고민하다가 계시라도 받은 듯 유기견 보호소에 문의했다. 그러나 돌아온 것은 혼자 사는 직장인 여성에게 유기견 분양은 어렵다는 대

너무 가까워 두 발과 네 발이 엉키지 않으면서도, 너무 멀어
통제가 어려워지는 일이 생기지 않으려면 리드 줄 길이의 조절이 관건이었다.
집에서도, 밖에서도 우리에겐 적당한 거리가 필요했다.

답이었다. 긴 고민 끝에 다진 내 각오에 눈이 멀어 당시의 상황을 답답하게만 여겼다. 지금 생각해보면 보호소 측에선 너무나도 당연한 반응이었다. 눈을 돌려 강아지 카페의 분양 게시판을 기웃거렸다. 충무로 애견 샵에서 보던 작은 강아지로 가득했다. 평소 젖먹이 아이나 아기 동물을 마주했을 때 혹시 나의 덤벙거림으로 다치진 않을까 걱정부터 앞선다. 그래서인지 아직 젖도 못 뗀 듯한 꼬물이들에게는 영 시선이 가지 않았다. 유기견 입양 시도가 한 번 엎어지고 나서 입양하려는 마음은 잠시 접어두고 보름 정도 분양 게시판을 들락날락했다. 갓 젖을 뗀 강아지 구경만 하던 어느 날, 눈에 띄는 한 아이를 발견했다. 초롱초롱한 눈망울이 옛날 샛별이를 꼭 닮았고 아기라기엔 다리가 자랄 만큼 자라 있었으며 얼굴에 호기심이 가득해 보였다. 만댕이라는 이름을 가진 아이였다.

소형견보다는 크고 중형견보다 작은 만댕이는 기억하는 한 꽤 오래 분양 게시판에 올라와 있었다. 믹스견이어서 사람들의 관심을 끌기 어려웠던 걸까? 내 눈에는 이미 넘치게 반짝이고 있는데! 자기 팔을 베고 누워 있는 사진 속 만댕이는 놀다 지쳤다기보다 지루함에 가까운 표정을 짓고 있었다. 그 모습에 기동성이 발동한 나는 그날 저녁 퇴근하고 서울시립대 앞 원룸촌으로 만댕이를 만나러 갔다. 코트를 벗은 지 얼마 되지 않은 이른 봄이었고 추운 날씨에 멋 부려 입은 재킷

깃을 여며가며 골목을 두리번거렸다. 그 집에 들어서자 만댕이는 몇 년 만에 귀국한 절친을 만난 듯 나를 반겼다.

녀석의 애교와 반가움을 한참 온몸으로 받고 최종 결정을 내려야 할 시간이 다가왔다. 집주인에게 마지막 산책이 언제였는지 물어보니 머쓱해 하며 2주 전이라고 말끝을 흐렸다. 아침 7시부터 자정까지 녀석은 혼자 집을 지키고 있었던 것이다. 내가 직장에 다니지만 만댕이가 처한 상황을 보고 나니 잘 돌볼 자신이 마르지 않는 샘물 마냥 솟아올랐다. 우리는 그렇게 가족이 되었다.

만댕이는 민구라고 개명했다. 이름을 고민하는 내 옆에서 회사 동료가 영화 제목 〈광식이 동생 광태〉처럼 민지 동생 민구라고 흥얼거린 것에 꽂혔다. 처음에는 귀엽게 밍구라고 불렀지만, 함께하면 할수록 '민구'라는 이름에서 풍기는 의젓함이 더 잘 어울려서 '민구'로 반려동물 등록을 했다.

가족이 되고 1년가량 민구와 나는 이틀에 한 번씩 붙잡고 울었다. 퇴근하고 곧장 집으로 돌아오면, 민구가 안 보이는 곳에 넣어뒀던 물감 박스를 꺼내 와서 눈앞에 꼼꼼히 펼쳐놓았기 때문이다. 수작업을 게을리하는 나를 꾸짖고 싶기라도 했던 걸까. 녀석은 이틀에 한 번 온 방을 헤집어 집 사정을 확인했고 나는 신발만은 막기 위해 현관문 앞에 펜스를 쳐두어야 했다. 매일 저녁 산책하러 나갔지만 녀석의 성에는 차지 않았던 모양이다. 그때 민구는 고작 9개월, 기운이 넘치는 나이였고 나는 민구를 만족시켜주지 못했다는 생각으로 매일 죄책감에 시달려야 했다.

함께 산 지 몇 개월 지나고 민구는 똥을 먹기 시작했다. 배변판에 있어야 할 똥이 옅은 흔적을 남기고 사라진 것을 처음 본 날엔 경악을 금치 못했다. 저녁에는 똥 먹은 입으로 나에게 시도 때도 없이 뽀뽀를 시도했다. 아침저녁으로 이를 닦이고 동물 병원에서 식분증을 고치는 약을 받아왔다. 마치 피부과 진료처럼 원인을 고치지 않는 이상 모든 방편은 그때뿐이었다. 병원에서는 변에 식초를 부어 두고 눈치를 살피라고, 배변판에 접근했다가 식초 냄새에 뒷걸음을 칠 거라고 했다. 의사의 조언에 콧방귀라도 뀌듯 민구는 식초 범벅인 똥을 물고 살금살금 네 발을 옮기다 내게 걸려 저지당했다.

내가 생각하는 최선책은 야외 응가뿐이었다. 별수 없이 아침저녁으로 산책을 해야 했다. 20분 일찍 일어나 동네 한 바퀴를 돌고 출근하고, 약속이 있어도 웬만하면 집에 와서 산책을 시켜주고 나가는 것을 생활화했다. 사람들은 나를 칭찬했다. 혼자 사는 직장인 여성이지만 개를 키울 자격이 충분하다고 했다. 속 사정도 모르고….

나는 체구가 작은 편이고 민구는 짧은 내 허벅지에 올라와 편히 눕기엔 큰 개였다. 그럼에도 민구는 집에 함께 있는 동안 신체 부위 중 어디든 서로 꼭 닿아 있길 고집했다. 책상에 앉아 있으면 매우 불편한 자세로 무릎 위에 아슬아슬하게라도 누우려 했고, 침대에 누워 있으면 엉덩이를 얼굴에 들이밀며 체온을 나누려 했다. 따끈한 온도의 귀여운 털복숭이가 나만 바라본다. 내가 거울을 보며 입술을 바르면 저도 분주하게 나갈 준비를 했다. 가끔은 그런 상황에 숨이 막혔다.

그런 민구가 산책하러 나가면 풀 냄새가 반가워 나의 존재를 잊고 망아지처럼 날뛰었다. 동물 친구들과 인사하는 법이 서툴러 얌전한 길냥이에게 다가갔다가 뺨을 자주 얻어맞았다. 강가를 처음 봤는지 고민 없이 물에 뛰어들었다가 발이 닿지 않는 바닥에 민구도 놀라고 나도 놀랐다. 너무 가까워 두 발과 네 발이 엉키지 않으면서도, 너무 멀어 통제가 어려워지는 일이 생기지 않으려면 리드 줄 길이의 조절이 관건이었다. 집에서도, 밖에서도 우리에겐 적당한 거리가 필요했다.

민구를 데려오기 전, 미리 준비해둔 국산 자동 리드 줄은 금방 탈이 났다. 손에 익지 않아 길이 조절을 거의 하지 않고 다녔는데 어느 날 보니 이미 망가져 있는 상태였다. 점심시간에 회사 옆 애견 샵에서 튼튼하기로 유명한 독일 제품을 다시 구입했다. 새로 산 자동 리드 줄은 우리의 산책에 활기를 불어넣었다. 줄을 사용하는 방법이 손에 익으면서 사람이 다니는 골목에선 줄을 짧게 잡아 민구가 나의 오른쪽으로 걷게 했고, 사람이 없는 너른 곳에 가서는 줄을 길게 해서 뛰어놀게 해줬다. 가끔은 나도 함께 뛰어서 가벼운 마음으로 나간 산책 길에 땀범벅이 되기도 했다. 민구 털이 바람에 날리면 덩달아 좋았다.

민구와 살면서 세 번 이사했다. 그만큼 나이를 먹은 민구는 이제 똥을 가지고 놀지 않고, 집을 어지럽히지도 않는다. 그 사이 나는 프리랜서가 되었고 지금 사는 집 앞에는 우리가 함께 갈 수 있는 단골 카페가 있다. 아직도 고장 나지 않은 독일산 자동 리드 줄을 가지고 매일 집을 나선다. 요즘 자동 리드 줄의 작동 미숙으로 인한 위험성이 대두되고 있다. 햇수로 7년을 사용한 내게는 손에 익을 대로 익어 다행히도 안전하게 사용 중이다. 고장이 나지 않고 법적으로 문제가 되지 않은 한 계속 함께할 것 같다.

사람이면 누구든 반기는 민구는 나이를 먹어도 발랄하다. 성정이 활발하게 타고난 모양이다. 여전히 나의 모든 것을 알고 싶어 하고 테이블 위의 세상이 궁금해 못 견디는 여덟 살이다. 숙면을 취하기 힘들어서 따로 자려고 갖은 노력을 해본적도 있다. 한데 뜨뜻한 털 뭉치가 느껴지지 않는 밤을 보내려니 잠자리가 더 사나워지는 것이 아닌가. 결국 주인의 분리 불안을 확인하고 다시 한 침대에서 자게 되었다. 나 때문에 잠자리 분리에 실패한 것이다.

거실에서 일을 하면 민구는 거실 테이블 아래 작은 침대에 누워 있다. 편히 자라고 침실에 놓아준 커다란 침대는 거들떠보지도 않는다. 장을 봐오면 민구의 눈높이에서 하나하나 풀어 확인시켜줘야 한다. 친구들이 놀러 오면 그들 중 가장 편안한 무릎에 앉아 같이 껴들어야 직성이 풀리는 민구다. 산책하는 동안은 집안에서와 반대다. 내게서 멀어지려 하는 민구와 나 사이에 자동 리드 줄이 있어 적절한 거리가 유지된다. 덕분에 비로소 우리 사이의 균형이 맞춰지고 있다.

한없이 다정해지는 단정한 순간

푸른 스트라이프 손수건

초등학교에 다닐 때 엄마와 꽤 오래 떨어져 지내던 시절이 있었다. 한 달에 한두 번 주말에 엄마가 오빠와 나를 보러 왔다. 일요일 오후 해가 담을 넘어가려 할 즈음이면 엄마와 헤어져야 했다.

　그게 너무 싫어서 엄마의 팔을 베고 자는 척을 했다. 떠날 채비를 해야 하는데 잠들어버린 딸을 보며, 엄마는 다시 내가 편히 잘 수 있게 자리를 잡고서 나의 앞섶을 다독였다. 엄마에게는 엄마만의 냄새가 났는데, 어린 내 마음 깊숙한 곳에서부터 평온이 일어나는 향이었다. 엄마와 오래 함께 있고 싶어

펼치면 향이 날아갈까 봐 제대로 한번 펼쳐보지도 못하고
품에 지니고 다니던 손수건. 흰 바탕에 노란 꽃과 빨간 꽃이 어우러진
엄마의 물건이 손수건에 대한 나의 첫 기억이었다.

서 자는 척을 하느라 숨소리마저 연기해야 했던 기억이 떠오르면 마음이 알아차리기도 전에 눈물샘이 먼저 반응한다.

그날따라 자는 척이 무색하게 이리저리 굴러가는 눈알이 감당이 안 돼 이내 잠에서 깨어나는 척을 했다. 그러고는 엄마와 떨어지는 게 너무 아쉬워 엉엉 울었다. 엄마는 가지고 다니던 손수건을 내게 줬다. 엄마가 늘 쓰던 은은한 장미 향의 샤워 코롱 내음이 풍겼다. 아직도 길을 걷다가 비슷한 향이 코를 스치면 나도 모르게 돌아보게 된다. 펼치면 향이 날아갈까 봐 제대로 한번 펼쳐보지도 못하고 품에 지니고 다니던 손수건. 흰 바탕에 노란 꽃과 빨간 꽃이 어우러진 엄마의 물건이 손수건에 대한 나의 첫 기억이었다.

예순이 넘은 지금도 가방 안에 손수건을 챙기는 엄마를 닮아서인지 나도 손수건을 늘 지니고 다닌다. 그다지 섬세한 편은 아니지만 손수건을 핸드폰보다 작게 접어 가방 안쪽에 넣고 외출해야 안심이 된다. 화장실에 다녀와서 손을 닦기도 하고 치마를 입은 날엔 무릎 위에 올려둔다. 내려오는 앞머리가 거슬릴 때는 세모로 접어 돌돌 만 뒤 길쭉하게 만들어 머리띠로 활용하기도 한다. 용도가 다양해 보이지만 사실 꺼내지 않을 때가 더 많다. 그럼에도 손수건을 늘 챙기는 데는 지니고 있어야 마음이 편하다는 이유가 가장 크다.

가지고 있는 손수건들은 비슷한 듯 다르다. 얄팍한 거즈 면부터 뭔가를 닦기엔 적합하지 않으나 귀퉁이에 귀여운 자수가 들어간 리넨 손수건도 있다. 여름에 땀을 닦기 좋은 타올지의 도톰하고 작은 수건도 있다. 그것들의 공통점이라 하면 밋밋한 단색이거나 규칙적인 패턴이 수줍을 정도로만 들어가 있다는 점이다. 손수건을 사용한 날에는 씻을 때 속옷과 함께 조물조물 빨아서 널어둔다. 얇은 재질이라 세게 비틀면 금방 해질 수 있기 때문에 조심히 짠다. 짠 손수건을 펼쳐서 한쪽으로만 늘어나지 않도록 정사각형으로 판판하게 당겨 건조대에 널어둔다. 다 마른 손수건을 향수 뿌린 허공에 한두 번 휘젓는다. 반듯하게 접어서 가방 안쪽에 넣고 외출하면 그렇게 든든할 수가 없다.

　손수건이 주는 단정한 느낌이 좋다. 나의 여러 모습 중 늘 손수건을 지니는 단정한 면을 스스로 좋아한다. 화장실을 다녀온 타인의 행동을 가끔 관찰한다. 젖은 손으로 조심스레 집게 모양을 만들어 가방 안 손수건을 꺼내 물기를 닦는 모습을 보면 성별 상관없이 설레버린다. 그 손수건이 채도가 살짝 낮은 데다가 은은한 머스크 향까지 난다면 앞으로 그 사람이 어떤 행동을 하든 그(또는 그녀)의 좋은 면만을 바라볼 각오가 다져진다.

특별한 동거

자취를 시작한 20대 초반에 자발적으로 식물과 동거를 시작했다. 자취방과 실기실에는 늘 초록이 함께였다.

초록 식물이라고 해서 늘 싱그러운 건 아니었다. 물을 자주 주지 않아서 시들어가기도 했고 물을 너무 자주 줘서 과습으로 뿌리가 물어 죽기도 했다. 그렇게 먼저 간 식물의 화분이라도 쓰라고 금손인 엄마에게 통째로 두어 번 가져다주었다. 잊고 지낸 몇 달 뒤 본가에 가보면 죽은 줄 알았던 식물이 기사회생해서 나를 놀라게 했다. 하지만 자취방에서만큼은 살아남은 식물이 없었다. 스파티필룸이 우리 집에 오기 전까지 아침을 맞이하면 무채색 안방에서 화분이 제일 먼저 눈에 들어왔다.

목적 없이 뻗어 나온 그 초록 풀이

하루의 시작을 알리는 첫 풍경이었다.

는 그랬다.

지대가 높기로 유명한 서울 한복판의 해방촌으로 이사하고 처음 키운 식물이 스파티필룸이었다. 연두가 묘하게 섞인 명랑한 초록에 길쭉하게 뻗은 이파리가 제법 시원하게 느껴졌다. 사람으로 치면 화통하고 대범한 성격일 것 같았던 첫 느낌이 아직도 선명하다. 덥고 습하며 그늘진 열대우림에서 자라던 그 식물은 해방촌 다세대주택 2층 안방에 터를 잡았다.

집 구조가 특이하게 삼각형이라 부엌 겸 거실을 포함한 공간과 방 두 개의 크기가 어중간했다. 안방이라고 해도 그리 넓지 않다 보니 작은 화분에서 뻗어 나온 줄기의 존재감이 더 크게 다가왔다. 스파티필룸은 겨울에는 침대 앞 널다란 테이블의 모퉁이를 차지했고, 여름에는 창밖 시야가 뻥 뚫려 바람이 솔솔 부는 창가에서 살았다. 아침을 맞이하면 무채색 안방에서 화분이 제일 먼저 눈에 들어왔다. 목적 없이 뻗어 나온 그 초록 풀이 하루의 시작을 알리는 첫 풍경이었다. 작은 공간에서 워낙 가까이 지내서인지 가끔은 식물이 쉬는 숨을 느꼈다. 쪼그려 누워 있는 나에게 말을 거는 것도 같았다. 지금 와서 돌이켜보면 그 집에 사는 동안 많이 외롭고 작아진 틈에 들린 환청이었는지도 모른다.

눈앞이 깜깜하던 시절이었다. 혼자서는 중심을 잡기 힘든 지경이 되자 자연과 친구가 있는 지역에 가야겠다고 생각하고 도망치듯 제주행 비행기 티켓을 끊었다. 한 달은 가 있을 작정이었다. 떠나기 전날 무덥고 습한 장마철을 대비해 걱정되는 마음으로 집안을 둘러보았다. 창문을 이중으로 꼼꼼하게 잠그고 습한 작업실용 방은 제습기를 두 시간 정도 틀어 뽀송하게 말렸다.

이 정도면 됐다 싶을 때 그제야 하얀 꽃을 피운 스파티필름을 발견했다. 이 식물에 대한 정보라고는 물 주는 주기 정도였던 나는 그날 처음 스파티필름이 꽃을 피운다는 것을 알았다. 며칠 동안 좁은 시야 안에서 허우적대느라 그 존재를 잊고 있었다. 그럼에도 초록 식물은 스스로 연약하고 하얀 꽃을 틔워내고 있었다. 스파티필름에게서 내가 보이는 것만 같아 붙잡고 주저앉아 울었다.

동네 친구에게 화분을 맡기고 해방촌에서 한 달을 떠나 있었다. 프리랜서라는 직업 덕에 노트북과 태블릿만 있으면 어디든 갈 수 있어서 좋았고, 어디에서든 일을 해야 해서 조금 싫었다. 낮이면 일을 하고 밤이면 제주의 바다를 보는 단순한 생활을 반복했다. 근심을 한가득 끌어안고 가서 친구에게 미안했지만 자연과 바다만큼 품이 넓은 친구에게 온전히 기대었다. 훌훌 털어내고 외로웠던 그 방에 다시 눕고 싶어질 즈음 집으로 돌아왔다.

다시 만난 스파티필름의 하얀 꽃은 졌지만 동네 친구가 신경 써준 덕에 여전히 씩씩한 초록의 모습으로 나를 반겼다.

돌아온 시점부터 3년이 지난 지금까지도 이 초록 식물은 건강하게 잘 지내고 있다. 그 뒤로 함께 지내는 화분이 많아졌지만 스파티필룸은 각별하다. 목이 마르면 한껏 늘어지고, 양분이 부족하면 잎이 있는 대로 쪼그라들며 나에게 신호를 보낸다. 물이나 영양제를 주면 녀석만큼 즉각적으로 회복되는 식물을 여태껏 키워본 적이 없다. 첫인상만큼이나 성격이 확실하다. 그 뒤로 집을 두 번 더 옮겼지만 어딜 가나 스파티필룸이 테이블 한편을 당당하게 차지하고 있다. 현재 집 거실에 잎이 내 배만큼 넓고 키가 나보다 큰 화분들이 여럿 있지만 그 와중에도 늘 애틋한 이 초록 식물에 이제는 이름을 붙여주려고 한다.

(그 후 찾아보니 스파티필룸은 도깨비 방망이같이 생긴 안쪽 부분이 꽃이고 하얀 꽃처럼 보였던 것은 불염포라는 이름의 잎이라고 한다. 그 잎이 꽃을 감싸 안아 보호한다.)

멋 에 서 겁 으로

초등학교 때 나의 시력은 2.0, 1.2로 좌우가 많이 달랐다. 하지만 생활에 지장이 있을 정도로 어지럽진 않았다. 당시 전국 국민학생(당시는) 사이에서 안경을 끼는 게 유행이었던 지라 엄마를 조르고 졸라 분홍색 철테의 시력 보호 안경을 끼기 시작했다. 우연인지 필연인지 시력이 나빠지기 시작한 건 그때부터였는데 안경만을 원망하기엔 온 가족 모두 시력이 그리 좋지 않은 편이었다. 아주 오랫동안 우리 집의 식수는 눈에 좋다는 결명자차였다.

　중학생 때는 안경을 끼고 다니는 게 너무 싫어서 수업 시간

외에는 빼놓고 다녔다. 그러다 보니 인상을 찌푸리는 것이 일상이 되었고, 못 알아보고 지나쳤다는 이유로 학교 선배에게 혼나기도 했다. 그때부터 렌즈를 끼기 시작했다. 렌즈 착용 10년을 꽉 채우고 나서야 수술을 결심했다.

안과에 가서 검사를 받고 난 뒤 라섹과 라식 두 가지 수술 방법에 대한 설명을 들었다. 의사 선생님께 내가 여동생이라면 어떤 수술을 추천해주고 싶냐고 묻자 라식이라는 답이 돌아왔다. 그 길로 곧장 수술을 했다.

수술 후 회복 기간이 상대적으로 긴 라섹 수술과 달리 라식 수술은 몇 시간의 짧은 통증 후에 새로운 세상을 맛볼 수 있다. 홀로 타지 생활을 하는 내게 안성맞춤이었다. 그렇게 내 각막이 열리는 것을 내 눈으로 보는 진귀한 경험을 했다. 강남에서 수술을 하고 당시 살던 수유로 가는 택시 안에서 마취가 풀렸다. 눈을 뜰라치면 엄청난 시림과 눈물이 동반해 당황했고 시름시름 앓는 나를 배려한 택시 기사님이 지름길로 향했다. 앞은 안 보이는데 직선으로 쭉쭉 뻗어야 할 길을 꼬부랑하게 달리는 것이 느껴졌다. 흉흉한 소식들이 떠오르면서 대낮임에도 인신매매에 대한 두려움이 택시 천장을 찍었다. 하마터면 달리는 차에서 뛰어내릴 뻔했다. 집 앞에 무사히 내리고도 앞이 안 보여서 3층인 집까지 기어 올라갔던 애잔한 기억이 선명하다.

안경을 끼는 것과 끼지 않는 것의 시력 차이는 없지만

안경을 끼고 있으면 보호받는다는 안정감이 든다.

수술 후 7여 년이 흘렀다. 일할 때는 아이패드나 노트북 모니터 화면을 뚫어져라 보며 그림을 그리고, 그 외의 시간에 핸드폰을 하거나 책을 읽는다. 매일 하는 요가와 산책도 그에 비하면 비중이 작다. 날이 갈수록 눈의 피로감이 극심해져서 편두통까지 오게 되었다. 시원한 바람을 쐬며 이경규의 매직 아이를 흉내 내다가 덜컥 재수술이 무서워져 안경원으로 달려갔다.

시력 검사를 해보니 다행히도 약간의 난시가 생긴 것 외에 시력은 7년 전 수술로 얻은 수치와 별반 다르지 않았다. 안경원에서 제일 가벼운 안경테를 추천받아 렌즈를 넣었다. 테는 저렴했는데 렌즈는 꽤 비싼 걸 골랐다. 노화는 어쩔 수 없지만 관리를 제대로 안 해서 다시 나빠진다면 억울할 것 같았기 때문이다. 근처에 있다가 완성된 안경을 찾으러 갔더니 안경원 주인분은 당연하다는 듯이 분홍색 케이스에 안경을 담았다. 분홍색을 선호하지 않는 나는 재빠르게 하늘색 케이스로 바꿔 담고, 안경원을 나와서 모으던 스티커를 덕지덕지 붙였다. 그렇게 국민학교 시절과는 달리 멋이 아니라 진짜 겁이 나서 다시 보호 안경을 끼게 되었다.

안경을 끼는 것과 끼지 않는 것의 시력 차이는 없지만 안경을 끼고 있으면 보호받는다는 안정감이 든다. 24년 전에는 유행을 따라 컬러풀한 철테 안경을 꼈지만 요즘은 안경이라는 하나의 막 뒤에 숨어 살고 있다. 맨얼굴에 이마를 훤히 드러내봐도 안경 하나면 얼굴에 복면이 씌워지기라도 한 듯이 당당해지는 것이다. 이쯤 되니 안경이 보호해주는 것이 비단 시력만은 아닌 듯싶다. 프레임이 콧방울까지 내려오는 커다란 안경이 있다면 자외선 차단 렌즈를 넣어 끼고 다니고 싶다. 그러면 선크림조차 안 발라도 될 것 같은데 말이다.

모든 여행의 기억

믹스견 만댕이는(민구의 당시 이름) 강아지 카페 게시판에서 보름이 지나도록 그 자리를 지키고 있었다. 전공 서적 몇 권이 흩어져 있는 침대 위에 재미를 상실한 눈을 하고 누워 있던 생후 5개월 즈음의 민구. 그 모습과 눈빛에 반해 퇴근 후 바로 만나보고 그날 밤 마음을 정했다.

  다음 날 점심시간 충무로의 한 동물 병원에 갔다. 가장 튼튼해 보이는 이동 가방을 사서 퇴근하자마자 민구를 데리고 왔다. 반려동물 입양을 오랜 시간 고민했기에 결정을 내린 후에는 행동으로 빠르게 옮겼다.

가죽 수선집은 나를 위해 그 자리에 잠시 만들어진 게 아닐까 싶을 정도로
필요한 시기에 눈에 띄었다. 물건과도 인연이 있다고 믿는 나는
이 이동장과 민구의 생이 탄탄히 연결되어 있다는 느낌을 받았다.

그 뒤 한 달에 한 번 민구와 기차에 오르고 본가를 왕복하며 이 이동 가방을 사용한 지 7년째다. 화려한 무늬에 질려 금세 바꿀 거로 생각했는데 눈에 익은 건지 마음에 익은 건지 그 또한 어느새 나의 취향이 되었다.

민구는 유행하던 계란 모양 집에도, 잠자리 분리를 위한 켄넬에도 들어가려고 하지 않았다. 그런데 유독 이동 가방에는 쉬이 들어가서 자발적으로 고개를 숙여 넣으며 빨리 닫으라고 재촉하듯 나를 바라본다. 아마도 이 안에서 몇 시간 얌전히 있으면 즐겁고 새로운 곳으로 가는 걸 아는 눈치다. 천방지축에 망나니 같은 이 녀석이 이동 가방 안에만 들어가면 사뭇 진지해진다. 기차 안에서 오가며 만나는 사람들은 의젓한 그 모습에 칭찬을 아끼지 않았다.

우리에게 이런 오랜 사연이 있는 이동 가방의 손잡이를 지탱하는 뚜껑 부분이 최근에 찢어졌다. 오래 쓰기도 했으니 바꿀 때가 됐다 싶어 검색해봤지만 이만큼 마음에 드는 것을 찾지 못했다. 전체를 자세히 살펴보니 손잡이 부분 외에 다른 곳은 아직 낡은 곳 없이 쓸 만했다. 아쉬운 대로 이동 가방 전체를 들 수 있는 긴 끈을 이용했다.

그렇게 민구와 함께 명절을 쇠고 집으로 돌아가던 길이었다. 지하철 한 정거장 전에 내려 귀경길 내내 답답했을 민구와 걸었다. 처음 보는 골목을 거닐다 우연히 가죽 수선집을 발견했다. 가죽 공예 경험이 있어 가죽용 실의 찰진 튼튼함을 알고 있었다. 가죽 수선집을 보자마자 '이거다!' 싶었다.

어깨에 메고 있던 이동장을 가죽 장인의 손에 맡겼다. 신중한 디자인 회의 끝에 15분 남짓 기다려 견고한 이동장으로 다시 태어났다. 심지어 수선 가격이 생각보다 저렴해서 곧바로 사지 않은 것에 대해 스스로 칭찬했다. 가죽 수선집은 나를 위해 그 자리에 잠시 만들어진 게 아닐까 싶을 정도로 필요한 시기에 눈에 띄었다. 물건과도 인연이 있다고 믿는 나는 이 이동장과 민구의 생이 탄탄히 연결되어 있다는 느낌을 받았다.

민구의 첫 장거리 여행과 우리의 수많은 명절 기차 여행을 기억하는, 아기 민구부터 중년 민구를 지켜보고 있는 이동장이 앞으로도 부디 삶이라는 여행에 늘 함께하길 바란다. 그러려면 우선 나와 민구부터 우렁차게 건강해야 한다는 사명감을 가져본다.

몸을 움직이며 몰입하는 일

먼지 터는 것을 중요하게 생각하게 된 이유는 엄마의 영향이 크다. 그녀의 먼지 기피가 유별나기 때문이다. 엄마는 일단 자고 일어나면 매일 모든 이불을 베란다로 집결시켜 '털어야' 직성이 풀리는 사람이다.

본가 아파트의 거실은 햇살이 잘 들어온다. 즉 굳이 보지 않아도 될 먼지까지 잘 보인다는 것. 민구가 거실에서 몸을 한 번 털기라도 하면 슬로우 모션으로 흩날리는 털에 엄마는 기겁한다. 그렇다고 엄마가 모든 면에서 깔끔하냐 하면 또 그렇지만도 않다. 화장대에 쌓인 먼지에는 관대하다. 그녀도 나

그때그때의 근심 걱정이 털려 나가는 상상을 한다.

그러면 신기하게도 마음이 가벼워진다.

처럼 먼지를 터는 행위 자체에 쾌감을 느끼는 게 아닐까 하고 미루어 짐작해본다. 그런 면에서 우리는 닮았다.

스스로 '깔끔한 편인가?' 물으면 잘 모르겠다. 청소에 있어서 중요하게 생각하는 부분은 사람마다 다르다. 어떤 이는 가진 물건이 모두 각을 잡고 제자리에 있어야 청소를 했다고 생각하고, 어떤 이는 먼지를 제거해야만 완벽한 청소라고 여긴다. 정말 깔끔한 사람들은 정해진 날마다 두 가지를 모두 고려해서 먼지를 털고 정리를 마쳐야 그 이후에 한숨 돌린다.

나의 경우는 두 번째, 먼지가 쌓이지 않게 자주 터는 것을 중요하게 생각하는 유형이다. 이틀에 한 번 이불과 베개, 발매트 등을 턴다. 그런 다음 먼지떨이로 쌓인 먼지를 제거하고 청소기를 돌리는 것으로 마무리한다. 엄마는 가끔 내 집을 보고 정리를 제대로 안 한다고 잔소리하지만 그건 몰라서 하는 소리다. 어지럽게 느껴져도 우리 집에 살고 있는 물건들은 모두 자기 자리가 있다. 다만 남들이 보기에 조금 혼란스러워 보일 뿐이다. 분명 내가 생각한 자리를 늘 지키고 있어서 사용하는 데 불편이 없다.

사실 먼지를 터는 위치는 조금 한정적이다. 시야가 닿지 않는 냉장고 위나 선반 위는 아마 지금도 먼지가 쌓여 있을 것이다. 강아지와 함께 살다 보니 바닥과 침대에 초점을 맞춰 청소한다. 그중에서도 이불 터는 것에 유독 집착한다.

한번은 1월 1일에 신년 맞이 청소를 하던 중이었다. 전기장판을 털다가 손에 힘이 풀려 3층에서 창밖으로 내동댕이쳐버렸다. 지나가는 사람이 없어서 다행이었지만 같은 건물 1층에 있던 세탁소 어닝 위로 떨어져서 끄집어 내리느라 애를 먹었다. 최근에는 이불을 털다가 이불 안에 있던 민구의 인형이 떨어지기도 했다. 정리를 마저 하고 주우러 내려가니 사라지고 없었다. 민구 미안….

이런저런 일이 있고 난 후부터는 이불을 터는 일에 만전을 기하고 있다. 친구가 선물해준 도구가 안전한 이불 털기 생활에 큰 도움을 주고 있다. 라탄 소재로 만들어진 그것은 흡사 두껍고 커다란 파리채의 모양을 하고 있다. 선녀가 든 부채같이 생기기도 했다. 겨울 이불은 두꺼워서 한 손으로 꼭 쥐고 다른 한 손으론 이 도구를 이용해서 탕탕 털어줘야 한다. 베개나 방석도 마찬가지다.

나는 얼핏 보면 꼼꼼한데 인정하기 싫지만 자세히 보면 매우 덤벙댄다. 그래서 작은 것을 털 때는 반대 손을 때리지 않게 주의를 기울여야 한다. 자고 일어나서 바로 털면 손에 악력이 부족하다. 따뜻한 물을 한 컵 마셔 장기들을 깨우고 스트레칭도 좀 해주고 난 뒤 이불 털기를 한다. 나는 이 시간이 참 좋다. 이불을 털 때마다 탕탕 하고 나는 소리도 시원하고 먼지가 떨어져 나가는 것을 보고 있으면 개운해진다.

엄마와 나는 아침이면 각자의 집에서 부서지는 햇살을 정면으로 받으며 이불을 턴다. 외출하고 돌아오면 바로 입었던 옷을 베란다로 가져가 일단 턴다. 그런 뒤에 패브릭 스프레이를 뿌려 건조대에 널어둔다. 그런 행위를 통해 그때그때의 근심 걱정이 털려 나가는 상상을 한다. 그러면 신기하게도 마음이 가벼워진다. 엄마는 어떤 마음으로 그렇게나 열심히 이불을 터는 걸까? 어릴 적에는 엄마의 먼지 기피가 유별나다고만 생각했는데 엄마를 닮은 나의 습관을 의식하고 난 뒤론 그 행동들을 되짚어가며 엄마를 이해해가는 중이다. 오빠와 나를 홀로 키워내느라 등 뒤로 늘어진 그림자를 자주 털어줘야 했던 건 아닐까? 그녀의 세월을 읽어내려 노력하면 할수록 전면한 가족이라는 관계가 껍질처럼 벗겨진다. 이윽고 엄마가 모진 세월을 견뎌온 연약한 여자로 보이기도 한다.

설거지도 기계가 해주고, 로봇 청소기가 바닥 청소도 대신해주는 세상을 살고 있다. 옷은 스타일러가 털어준다. 간편함은 물론 이롭다. 하지만 청소하는 행위에 집중하는 것도 내게는 지금 여기에 머무르는 하나의 방법이다. 그래서 청소에 몰입하는 시간은 소중하다. 단순하고 빠르게 더러움을 없애는 것이 아닌, 내 손을 거쳐 정직하게 깨끗해지는 모습을 보는 것에서 오는 기쁨 또한 크다. 아마 나는 엄마처럼 이불 터는 일을 오랫동안 신중히 행할 것 같다.

마음이 고단하고 나를 지키는 일이 힘든 밤이 있다. 그럴 때면 이 사물이 나를 지탱한다. 누군가에게는 불필요한 것이 내 인생에서 가장 짙은 농도의 쓸모 있는 물건이 되어 나를 살게 하는 것이다.

관
심
이
 태
도
가
 되
기
까
지

세상에 하나뿐인 향

향수 '봄소풍'

사람과 공간에 대한 정보가 나에겐 유독 그곳의 색채와 향으로 구분되어 가슴 속에 쌓인다. 그래서인지 인상 깊었던 냄새를 나중에 다시 맡으면 자연스레 그때의 기억이 자주 소환된다. 좋든 좋지 않든 떠오른 추억으로 인해 향수에 젖기도 하고 생각지도 못한 곳에서 감정을 소모하기도 한다.

향수 네 개를 신발장 위에 올려두고 집을 나서기 전에 손목에 한 번, 귀 뒤에 한 번, 정수리 위 허공에 한 번 뿌린다. 타인에게 나의 향으로 각인되었으면 하는 향기만을 골라 쓸 때가 있었다. 요즘은 어울리는 것과는 별개로 그저 그때의 기분 따

2장 ▷ 관심이 태도가 되기까지

나를 작아지게 만드는, 스스로 부족하다고 여기는 그 점이

재미있게도 남과 다른 나로 살게 한다.

라 내가 맡고 싶은 향을 뿌린다. 작은 공간에 들어서거나 몸을 움직였을 때 어렴풋이 나에게서 느껴지는 우디 향이나 머스크 향에 코를 벌름대는 일이 즐겁다. 향이라는 것에 대해 워낙 취향이 제각각이라 모두를 만족시키는 것은 불가능하다. 그러니 일단 나부터 만족하고 타인의 의견은 타인에게 맡기는 것이 좋다.

향수를 다 쓰고 나면 늘 백화점 1층의 향수 매장을 두리번거리곤 했다. 마음에 담아둔 향수 두세 가지를 시향하고 황급히 나를 찾아온 두통을 안고 카페에 앉아 쉰다. 여유가 생기면 시향지에 남은 잔향 중 마음에 드는 것을 골라 향수를 구입하는 것이 고정된 소비 여정이었다. 한데 삶에서 소비를 대하는 각도가 조금 달라졌다. 뭔가를 사기 전에 내가 만들 수 있는지를 먼저 생각해보게 된 것이다. 향수도 마찬가지다.

직접 만들어 사용하는 물건은 치명적인 매력이 있다. 기성품이 가진 완벽함이 100%라면 손수 품을 들여 만든 물건은 완성해도 부족한 부분을 품고 있다. 그 부족함으로 온전히 나만의 색을 얻게 되는 것이다. 매력의 다른 이름은 우리가 단점이라고 부르는 바로 그것일지 모른다. 남에게 피해를 주지 않지만 스스로 위축되어 못난 점이라고 치부하는 부분을 누구나 가지고 있을 것이다. 바로 그 점이 나를 온전히 나답게 만드는 특징이자 매력일 수도 있다. 나를 작아지게 만드는,

스스로 부족하다고 여기는 그 점이 재미있게도 남과 다른 나로 살게 한다.

손수 만들어 쓰는 향수에 남자 친구도 관심이 있어서 함께 향수 공방에 갔다. 우선 향의 종류와 특징에 관한 조향사님의 흥미로운 설명을 들었다. 그런 뒤에 가장 가까이서 깊게 향을 맡게 될 우리는 서로의 취향을 반영하여 향을 골랐다. 고심하여 고른 것들을 저울과 스포이트를 이용해서 꼼꼼하게 조향했다. 그렇게 완성된 세상에서 하나뿐인 향수에 서로 붙여준 이름을 병에 적었다.

우리가 섞은 여러 종류의 향은 서로 곁을 내어주며 알아가는 숙성의 시간을 거쳐야 밸런스가 좋은 향으로 거듭나게 된다. 내가 만든 향수와 기성품 모두 사람의 맥박이 뛰는 피부에 살포시 앉아 체취와 섞였을 때 비로소 완성되어 하나의 이야기를 가진다.

얼기설기 섞인 향들이 숙성되어 서로 어우러지기를 봄날처럼 기다려서인지, 남자 친구가 지어준 향수의 이름 때문인지 이 향수를 쓸 때마다 기분이 꼭 봄처럼 수줍다.

기성품과 같은 완벽을 추구하는 사람에게는 좀처럼 매력을 느끼지 못하다가 자신을 포장하지 않은 모습을 기꺼이 보여주는 사람을 만나 나도 모르게 마음이 활짝 열린 경험이 왕왕 있다. 그렇게 사심 없이 왕래하며 서로의 곁을 내어준 사람들이 주변에 있다. 그들이 스스로 조금 못나 보일 것이라고 여기는 모습도 매력이라는 이름표를 붙여, 있는 그대로 보듬고 싶다. 2% 부족한 것이 매력이자 세상에 하나뿐인 나의 향수 '봄소풍'처럼.

생활과 마음의 균형

작년 연말을 펼쳐놓으면 마음이 춥고 까맣던 시절이 한 귀퉁이를 차지하고 있다.

그때 살던 집은 작은 평수를 모양만 좋게 나눠 문을 단 덕분에 원룸보다도 활용도가 낮은 투룸이었다. 안방이 작다 보니 테이블이 들어갈 자리가 마땅찮아서 제법 큰 좌식 테이블을 뒀다. 양반다리로 테이블 앞에 앉아 생활하던 중 잠잠하던 좌골 신경통이 도졌다. 회복하느라 많이 움직이지 못하는 겨울을 보내며 몸도 마음도 우울했다.

그 기간에는 침대에 누워서 욱신거리는 골반을 달래는 시간이 하루 중 가장 길었다. 골반이 아프면 아플수록 이사하면 꼭 큰 테이블에 앉아 입식 생활을 하겠다는 다짐 또한 굳어졌다. 이사를 하자마자 원목 사각 테이블부터 샀다. 구입한 살림살이 중 가장 공들여 찾아낸 물품이었다.

이사한 집에서는 아담한 거실을 작업실로 쓰고 있는데 그 한가운데에 이 테이블이 있다. 테이블 위에서 매일 밥을 먹고 커피를 마시고 그림을 그리고 글을 쓰고 유튜브를 보고 책도 읽고 친구들과 보드게임을 하고 와인과 맥주를 마신다. 잠자는 것 말고는 모든 것이 이 테이블 앞에서 이루어진다.

한두 살 나이를 먹어가며 점차 삶에서 중요한 것에 관한 우선순위 몇 가지가 확실해졌다. 그중 집에서 보내는 시간과 밖에서 보내는 시간의 균형은 인생에서 무엇과도 바꿀 수 없는 요소가 되었다. 오랜 외출 후 노곤한 상태로 귀가하면 테이블 앞에 앉아 하루를 정리한다. 그러면 가슴 한편에 노란 에너지가 피어오르는 기분이 든다. 이 다용도 테이블로 인해 집에서의 생활을 즐기게 된 것이다.

30대의 한가운데로 가면 갈수록 내가 온전히 나일 수 있는 공간과 만남이 얼마나 중요한지 피부로 느낀다. 나는 이 테이블 위에서 가장 나다운 삶을 사는 것 같다. 내가 무엇이 되어야 한다는 불편한 압박에서 벗어나 이 공간에서 그저 나로 지내고 있다. 테이블 곁에서 하는 모든 행위가 내가 바라는 진

나는 이 테이블 위에서 가장 나다운 삶을 사는 것 같다.

내가 무엇이 되어야 한다는 불편한 압박에서 벗어나

이 공간에서 그저 나로 지내고 있다.

정한 삶으로 한 걸음씩 내디딜 수 있게 돕고 있다는 사실을 깨달은 것이다. 어둡고 외롭던 때를 거쳐 나뭇결이 선명한 원목 테이블처럼 생이 옹골차게 깊어가고 있다.

위 험 하 지   않 은   확 신

인바디를 측정해주는 체중계를 선물 받았다. 사실 인바디는 신체 성분 분석을 하는 기계 이름인데, 스카치테이프처럼 신체 성분 분석 그 자체를 일컫는 단어로 쓰인다. 이 체중계에 올라서면 몸무게부터 신체질량, 수분량, 근육량 등 몸의 전반적인 수치가 측정된다. 기계에 올라서자마자 체중이 뜬 후 하단 막대기가 하나둘씩 채워지는 것을 기다리기만 하면 된다. 짧은 시간 안에 그 많은 걸 다 알아차린다니 신기한 물건이 아닐 수 없다.

나의 전반적인 바디 점수는 95점. 단백질량이 조금 부족한 것 외엔 모든 것이 정상이다. 확인하고 나니 슬그머니 안도감이 몰려왔다. 전까지만 해도 인바디 측정기는 나에게 헬스장에 가야 만날 수 있는 기계였다. 단순한 운동에 재미를 못 느끼는 편이지만 한때 체력 관리를 위해 헬스장 6개월 등록은 필수라고 믿었다. 매달 초가 되면 운동 전 헬스장 상담실에 가서 귀걸이와 반지를 뺀 후 맨발로 기계에 올라선 채 금속 막대기를 잡았다. 두근거리는 마음은 덤이었다. 한참 부동자세를 취하고 기다려서 인쇄되어 나오는 종이로 현재 내 몸 상태를 진단받았다. 한데 이제는 스마트폰 앱만 깔면 측정된 내용을 바로 확인하는 것이 가능하고 점수 변화도 한눈에 확인할 수 있다.

그러나 선물 받은 체중계는 대륙의 실수. 저렴한 가격 대비 품질 좋은 제품이 탄생하여 그렇게들 부른다고 한다. 체계적인 검사와 비교해 이 체중계의 수치는 믿지 않는 편이 좋다고 사람들은 입을 모아 이야기한다. 아무리 품질이 좋다고 해도 실수는 실수인 걸까? 하지만 엉터리일지도 모르는 95라는 숫자에 그만 안심해버렸다.

나는 '잘한다, 못한다' 식의 행동에 대한 평가가 없는 분위기 속에서 자랐다. 엄마는 내가 내리는 결정에 제약을 걸지 않았지만 행동을 했으면 책임져야 하는 것도 자신이라는 것을 일찌감치 알려주셨다. 잔소리가 드문 환경에서 그것을 견

어제 들은 칭찬을 떠올렸을 때 마시던 커피 향이

좀 더 향긋하게 느껴진다면, 그 정도로 족하다.

내일 아침에도 졸린 눈을 비비며 대륙의 실수 위에 올라설 것이다.

디는 근육도 키우지 못했다. 그렇게 어떤 경우에는 독립적이면서도 동시에 선택 앞에 서면 자꾸만 주변을 두리번거리는 사람이 되었다.

아슬아슬한 검열 끝에 얻은 확신도 좋지만 타인이 내게 보내는 응원 섞인 확언도 좋다. 비교할 거리가 지천으로 널린 요즘이라 그게 무엇이든 좋으니 확신이 필요하다. 그래야만 갈대처럼 흔들리다가 중심을 잡고 살 수 있는 세상이다. 나를 잘 모르는 사람이 주는 확신이면 또 어떤가. 그것이 삶의 중심에 결정적인 역할을 하진 못하겠지만 선한 마음만은 든든하게 내 안에 남을 것이다. 어제 들은 칭찬을 떠올렸을 때 마시던 커피 향이 좀 더 향긋하게 느껴진다면, 그 정도로 족하다.

내일 아침에도 졸린 눈을 비비며 대륙의 실수 위에 올라설 것이다. 그렇게 얻은 소소한 확신을 간직한 채로 하루를 시작할 참이다.

몸과 마음의 여백

중간에 깨지 않고 푹 자본 게 언제인가 싶을 정도로 나는 잠자리에 예민하다. 게다가 자면서 쉬지 않고 열심히 뒤척이는 타입이다. 내가 자세를 바꾸면 반려견 민구도 자동으로 자세를 다시 잡느라 뒤척인다. 열 많은 덩어리 둘이 싱글 침대에서 매일 밤잠과 씨름하느라 바쁘다.

'묻고 더블로' 뒤척이는 오랜 밤을 보내며 떨어진 삶의 질에 면역을 기르지 못한 채, 묘한 나른함을 달고 살던 어느 날이었다. 요가 수련의 마지막 자세인 '사바 아사나'를 하고 있었다. 그사이 선생님이 공중에 뿌린 아로마 스프레이 향이 코

끝에 닿았다. 50분간 움직인 후 8분 정도 이완 자세를 취하는 동안 몸이 많이 풀려 있는 상태였다. 공기 중을 떠돌아다니는 아로마 스프레이 향이 몸을 기분 좋게 가라앉혔다. 그 느낌에 몸도 마음도 매료되었다.

스트레스를 즉각 완화시켜주는 롤 온 타입의 아로마 오일은 잘 휴대하고 다녔는데 스프레이 타입을 살 생각은 미처 못 했다. 알아차리자마자 베개에 뿌리고 자는 아로마 릴랙싱 필로우 미스트를 냉큼 구입했다. 평소 좋아하는 라벤더, 티트리 그리고 제라늄 오일이 들어가 있어서 심신을 진정시키는 효과가 있는 스프레이였다.

스프레이를 갖게 된 뒤로 매일 자기 전 침대 전체에 골고루 세 번 뿌린다. 눈을 뜨면 기지개를 켜면서 들고나와 테이블에 두고 일하는 틈틈이 옷에 뿌리고 있다. 명상을 할 때면 잊지 않고 러그 주변을 이 향으로 채운다. 필로우 미스트를 사용하고 난 뒤부터 예전보단 훨씬 숙면한다. 일상생활 전반에서 마음이 좀 더 차분해진 것을 실감한다.

필로우 미스트를 곁에 두고 들여다보는 것만으로 안정이 찾아오기도 한다. 마치 종소리만 들어도 반응하는 파블로프의 개처럼 말이다. 어쩌면 어릴 적 배가 아플 때 별 사탕을 먹으면 신기하게도 괜찮아진 것과 같은 플라세보 효과일지도 모른다.

공기 중을 떠돌아다니는 아로마 스프레이 향이
몸을 기분 좋게 가라앉혔다. 그 느낌에 몸도 마음도 매료되어 버렸다.

집중력이 흐트러질 때면 하던 일을 멈추고 필로우 미스트를 옷에 두어 번 칙칙 뿌린다. 그러면 자연스레 눈을 감고 이 향을 음미하기 위해 깊은 숨을 들이마시고 내쉬게 된다. 이 스프레이가 하루 중 잠시나마 몸과 마음에 여백을 만들어준다. 그것만으로도 제값을 다 하는 고마운 물건이다.

담백하게 오래도록

메탈 손목시계

예전의 나는 자극적인 것에 마음을 뺏겼다. 그리고 타인에게
나 또한 기억에 남는 인상으로 비치길 원했다. 이에 초점을
맞춰 행동하다 보니 길고 오래가는 것을 보는 데 서툴렀다.
담백함의 매력을 모르고 살던 내가 30대가 되고는 많이 달라
졌다. 너무 자극적이고 다디단 것은 잠깐의 즐거움 이상을 품
고 있지 않다는 걸 여러 경험으로 깨달은 것이다. 그러고는
잔잔하게 오래가는 것들로 시선을 돌리기 시작했다.

　나는 손목시계를 좋아한다. 시간을 편하게 바로 확인할 수
있다는 게 첫 번째 이유이다. 두 번째는 액세서리로서 시계가

주는 특유의 단정하고 반듯한 느낌을 사랑하기 때문이다. 사실 시계가 고장이 나도 예쁘면 그냥 차고 다닌다.

한동안 큐빅 장식이 없는 스퀘어 메탈 시계를 찾았다. 여성성을 강조하지도, 그렇다고 남성용 시계처럼 크고 투박하지도 않은 딱 그 중간을 원했다. 마음에 차는 디자인이 있었지만 명품 중에도 금액대가 높기로 유명한 브랜드의 제품이었다. 하지만 난 명품에 관심이 없고 그 금액으로 하고 싶은 다른 일이 100가지는 넘는다는 것을 인지하고 쉽게 마음을 접을 수 있었다. 생각이 날 때마다 인터넷으로 손품을 팔던 중 우연히 마음에 쏙 드는 시계를 발견했다. 보자마자 마음에 한가득 차서 고민할 것 없이 바로 구입했다. 시계는 처음부터 내 손목을 위해 세상에 온 듯 잘 어울렸다. 이 사각 시계는 매일 봐도 질리지 않는다. 질리지 않는 사람과 물건은 대체로 담백하다. 보고 또 봐도 계속 시선을 주고 싶은 매력이 있다.

어느 겨울날, 평소에 요가를 오전 수련 위주로 하는데 그날은 아침 일정이 있어서 찬 바람에 옷깃을 여미고 저녁 수련을 하러 갔다. 코트 주머니 안에 시계를 넣어 탈의실 안 공용 옷장에 걸어두고 나왔다. 요가 수련 후 나와 보니 코트 주머니에 있어야 할 손목시계가 종적을 감춰버렸다. 그 요가원은 공간이 좁아 사물함이 없었고 누구나 짐을 편하게 두고 다니는 곳이었다. 온화한 에너지를 안고 있는 공간이라는 표면적인

선한 응원이 쌓이면서 무리하지 않는 내가 좋아지기 시작했다.

모양을 만들지 않고 그저 나대로 있어도 충분히 빛난다는 것을 알았다.

분위기에 내가 방심했던 것 같다. 나와 시계를 가져간 한 명으로 인해 따뜻한 에너지가 흐트러질까 봐 알리지 않았다. 이미 떠난 것이니 미련은 버리자고 다짐했는데 허전한 손목을 볼 때마다 아쉬워서 결국 같은 시계를 다시 구입했다. 어쩐지 처음 만났을 때보다 더 애틋해져 버렸다.

담백하고 좋은 사람이 되고 싶다고 생각하고 세상을 대하니 단정하고 건강한 에너지가 내 주변을 둘러쌌다. 이 소박한 디자인의 시계는 나의 어떤 옷차림에도 기꺼이 어울린다. 그와 같은 건강한 에너지들은 내가 어떤 모습이든 있는 그대로 봐주고 응원해주었다. 그는 사람이기도 했고 사물이나 자연이기도 했다. 선한 응원이 쌓이면서 무리하지 않는 내가 좋아지기 시작했다. 모양을 만들지 않고 그저 나대로 있어도 충분히 빛난다는 것을 알았다. 늘 내 왼쪽 손목에 감겨 있는 손목시계처럼.

안온한 무기

나에겐 저팔계의 바주카포만 한 텀블러와 늘 가지고 다니는 휴대용 텀블러가 있다. 쌀쌀한 겨울 아침, 눈을 뜨면 기지개를 켜고 연이어 하는 행동이 전기 포트에 물을 올리는 일이다. 펄펄 끓는 포트에 빨간 불이 사라지면 바주카포에 조심스레 물을 붓고, 엄마가 손수 말리고 볶아 보내준 돼지감자를 넣어 고소하게 우러나길 기다린다. 기다리는 동안 고개를 앞뒤 좌우로 천천히 움직이고 몸의 옆면을 길게 늘여도 본다.

　프리랜서이다 보니 일하는 장소를 선정하는 데 비교적 자유롭다. 집에서 작업하는 날이면 739mL 바주카포에 하루 두 번씩 물을 채우곤 한다. 그걸 책상 한편에 두고 일하는 내내 작은 찻잔에 김이 모락모락 나는 물을 식혀서 습관처럼 홀짝인다. 외출할 땐 같은 방법으로 휴대용 텀블러에 차를 만들어 집을 나선다. 한 가지 다른 점이 있다면 바로 마셔도 괜찮은 온도를 위해 텀블러의 70%에 뜨거운 물을 붓고 나머지 30%는 생수로 채우는 것. 지금 사용하는 텀블러가 여태껏 써본 것 중 가장 마음에 든다. 얼마 전 고무 패킹을 잃어버리는 바람에 본사에 문의해서 그것만 재구매하기도 했다. 이 거대한 텀블러는 아침에 가지고 나간 따스운 물이 저녁에도 그 온도를 적당히 유지할 정도로 보온력이 좋다. 외관은 기본 중의 기본으로 깔끔하고 귀가 시 호신용으로 옆구리에 끼고 다니면 든든할 정도의 강인함을 자랑한다.

평소 물을 꽤 많이 마시는 편이다. 하지만 꿀꺽이는 목 넘김 소리를 내 귀로 들을 만큼 마실 것을 급하게 삼킨 날에는 그게 물이어도 무조건 체한다. 귀찮아도 건강을 위해 끊임없이 느리게 홀짝이는 편을 택했다. 그래서 컵보다 입구가 좁은 텀블러가 내게 여러모로 유용하다.

긍정적인 말을 주기적으로 들었던 물의 결정은 모양이 예쁜 것을 보았다. 그다음부터 물을 마시는 일을 신성하게 여기게 되었다. 미지근한 물이 내 목을 타고 흘러내려 가서 몸 안의 70% 이상을 차지하는 그것과 만나 좋은 기운을 구석구석

따뜻한 물 첫 모금은 하루의 시작을 알리는 다정한 신호와도 같다.
몸 안에 난 길을 꼼꼼히 맑은 물로 채우면
몸의 내부에 숨을 불어넣는 기분이 든다.

나눠주는 상상을 한다. 특히 아침에 온몸으로 침착하게 흐르는 따뜻한 물 첫 모금은 하루의 시작을 알리는 다정한 신호와도 같다. 몸 안에 난 길을 꼼꼼히 맑은 물로 채우면 몸의 내부에 숨을 불어넣는 기분이 든다.

바쁜 틈에도 이런 식으로 물을 마시다 보면 쥐어 짜낼 것도 없다고 여겼던 여유가 슬그머니 고개를 내민다. 한 모금 물에 몸도, 마음도 잠시 숨을 돌렸다가 물을 삼킬 때처럼 천천히 다음을 위한 준비를 한다.

번거롭게 오늘을 확인할 때 생기는 힘

첫 직장은 그만둘 거라고 상상한 적 없는 곳이었다. 아이러니
하게도 그곳에서 가장 안정을 느꼈을 때 퇴사를 결심했다. 그
안정감이 나를 제자리걸음에도 만족하게 하는 것 같았다. 지
금이 아니면 영영 나오지 못할 것 같은 불안도 퇴사의 이유
중 하나였다. 갑작스러운 결정이었지만 자연스럽게 시작한
프리랜서 생활의 첫 번째 소비는 만년 달력을 사는 것이었다.

　시중에 나온 만년 달력의 종류가 많지는 않지만 그중에서
도 구입하겠다고 오래 전부터 생각해오던 브랜드가 있었다.
'취준생' 시절 구직 활동을 하며 가장 취직하고 싶었던 회사

에서 나온 제품이었다. 좋든 싫든 7년간 꼬박 주 5일 아침 공기 마시며 집을 나서던 직장인이었다. 오늘이 며칠이고 무슨 요일인지 헷갈려 하며 사는 것은 가장 경계해야 할 나태함이라 여겼다. 우선 눈앞에서 오늘을 직시할 수 있는 달력이 필요했다. 눈여겨보았던 만년 달력은 월, 일, 요일의 카드를 하나씩 매일 넘겨줘야 했다. 그 번거로움이 좋아서 구입했다.

프리랜서는 직장이라는 울타리가 없어서 스스로 세운 계획표 안에서의 통제가 필수다. 이불을 돌돌 감고 늘어지고 싶은 날이면 하루 종일 누워만 있을 수 있다. 어제의 숙취로 해가 중천에 뜰 때까지 뒹군다 해도 누구 하나 잔소리하지 않는다. 하지만 태만을 부린 하루가 지나 밤의 어둠과 마주하면 자괴감이 밀물처럼 몰려온다. 월급이 꼬박꼬박 나오던 때와는 비교할 수 없을 정도의 크기로. 그렇다 보니 아침에 눈을 뜨자마자 '참 잘했어요' 스티커를 부여받는 심정으로 만년 달력을 넘긴다. 오늘 날짜를 머릿속에 입력하는 의식을 매일 치러야 안도감이 든다.

지금 내가 가고 있는 길이 맞는지 확인하기가 어려워 앞은 늘 뿌옇다. 하지만 나에겐 두려움과 오늘을 바로 보게 하는 달력이 있다. 달력은 당근과 채찍 역할을 모두 해낸다. 또한 삶의 원동력이 되어 미미하게나마 매일 조금씩 앞으로 나아가게 해준다.

아침에 눈을 뜨자마자 '참 잘했어요' 스티커를 부여받는 심정으로
만년 달력을 넘긴다. 오늘 날짜를 머릿속에 입력하는 의식을
매일 치러야 안도감이 든다.

퇴사하기 전날 또 다른 시작에 설레며 구입했으니 만년 달력과 만난 지 꼭 채워 3년이 되는 날 이 글을 썼다. 안정적이지 못한 직업에서 오는 간밤의 잡생각과 두려움은 내일 성실히 달력 의식을 치르면 잠시나마 자취를 감추겠지. 그리고 또 한걸음 나아가겠지. 그렇게 믿을 참이다.

하루 한 끼 행복오일

회사에 다닐 때 사원 식당에 내려가면 언제나 샐러드가 그득했다. 두 종류의 소스 중 하나를 골라 뿌리고 식사를 시작하기 전 의식을 치르듯 입에 샐러드를 털어 넣곤 했다. 그땐 샐러드를 그리 즐기는 편이 아니었지만 건강을 위해서 챙겨 먹으려 노력하는 정도였다.

프리랜서가 되고 보니 부지런을 떨어 챙겨 먹지 않는 이상 채소를 섭취할 일이 없다. 김치찌개를 끓이고 곤드레 밥으로 한 끼 든든히 먹어도 씹으면 아삭아삭 소리가 나는 풀이 자주 그리워졌다. 하지만 채소 손질은 언제 해도 한결같이 귀찮다.

그렇다고 샐러드를 안 먹기엔 채소를 먹을 때 즉각 느껴지는 싱그러움이 얼마나 내 몸을 웃게 하는지 너무 잘 안다. 그래서 귀찮아도 하루 한 끼는 샐러드를 먹으려고 노력한다.

신선한 올리브오일이 샐러드의 맛을 좌지우지한다는 걸 깊이 깨닫고 최근에 유기농 올리브오일을 구입했다. 바로 개봉해 한 숟가락 입에 머금었는데, 입안에 향긋한 풀 내음이 돌고 끝에는 살짝 매운맛이 났다. 끝 맛의 출처가 궁금해서 찾아보니 항산화물질인 폴리페놀 때문이란다. 오일에서 느껴지는 싱그러운 맛이 신기하고 좋았다.

한 끼 식사이기 때문에 병아리콩을 샐러드의 기본 재료로 해서 그때그때 당기는 채소를 넣고 푸짐하게 만들어서 먹는다. 요즘 꽂힌 재료는 깍둑 썬 오이와 새우, 그리고 쭉쭉 찢은 슬라이스 치즈. 거기에 후추와 소금을 적당히 뿌리고 화이트 식초와 올리브오일은 듬뿍 넣는다. 아주 가끔 바질 페스토를 곁들이긴 하지만 그 외에 다른 소스는 가미하지 않는다. 집에서 가장 예쁜 그릇에 담고 나무 쟁반으로 한 번 더 받쳐서 테이블로 가지고 온다.

그리 대단치 않은 한 끼이지만 손수 챙겨 먹는 것에서 오는 만족감이 크다. 특히 올리브오일을 뿌린 샐러드로 한 끼 식사를 할 때면 스스로 대단히 몸을 잘 챙기고 있다는 생각에 빠져서 몸도 마음도 푸르러지는 듯하다.

올리브오일을 뿌린 샐러드로 한 끼 식사를 할 때면 스스로 대단히
몸을 잘 챙기고 있다는 생각에 빠져서 몸도 마음도 푸르러지는 듯하다.

유기농 올리브오일 한 병처럼 삶의 질을 올려주는 게 또 어디 있을까 주변을 살피게 된다. 그렇게 두리번거리다 보면 내 몸이 그리 거창한 것을 바라지 않는다는 걸 금세 깨닫게 된다. 행복은 옆에 앉아서 자신을 봐주기만을 기다리고 있다.

흔쾌히 짊어질 삶의 무게

내 직업의 특장점 중 하나는 작업실을 그날 내키는 대로 선택할 수 있다는 것이다. 그 장점을 십분 활용하여 일주일의 절반은 집, 절반은 나가서 작업하고 있다. '내 가방의 무게가 곧 인생의 무게'라는 이야기를 어디선가 들은 적이 있다. 사람들이 말하는 대로라면 내 인생의 무게는 아무래도 꽤 무거운 편인 것 같다.

내 가방을 본 친구들은 없는 게 뭐냐고 자주 묻는다. 요가를 하는 날이면 요가복과 매트 타월까지 더해져서 흡사 등산 가방과도 같아진다. 일하러 한 번 나갈라치면 챙겨야 할 도구들이 한두 개가 아니다 보니 밤이면 어깨 마사지를 꼭 하고 잔다. 그래야 다음 날이 조금이나마 개운하기 때문이다.

어깨의 피로가 계속해서 쌓이다 보니 작업하는 장소에 대한 고민이 많아졌다. 피로 탓에 집에서만 작업한다면 심심함과 답답함이 쌓여 짊어진 가방의 무게를 넘어설 것 같았다. 그래서 짐을 줄이는 대신, 어깨를 보호해줄 튼튼한 가방을 택했다. 가방 브랜드로 유명한 여러 매장에 가서 직접 메어보았다. 광고가 아닌 진짜 후기를 찾는 데 한동안 혈안이 되어 인터넷을 누볐다. 꾸준한 검색 끝에 이 배낭을 알게 되었다. 작지 않은 금액임에도 후기를 보니 자주 품절이 된다기에 홀린 듯 주문하여 품에 안을 수 있었다.

바람이 통하는 메시 원단에 폭신함을 더한 어깨띠와 등판, 소지품을 분류해서 넣기 좋게 주머니도 여러 개로 나누어져 있다. 가방의 짜임이 특이해서 무거울수록 처지지 않고 뾰족해지는 모양새도 마음에 들었다. 늘상 메고 다녀야 해서 물론 기능적인 면이 가장 중요했지만 어느 옷에나 무난하게 어울리고 질리지 않는 것 또한 못지않게 중요했다. 그 때문에 디자인에도 세심하게 신경 쓴 티가 나는 이 가방에 손이 간다.

집을 나서기 전, 등에 얹어진 가방의 좌우가 삐뚤진 않은지 확인하면서 나는 여행자의 자세가 된다. 반짝이는 두 눈과 마음으로 거리의 풍경 하나하나에 감탄하다 보면 어제의 단골 일상이 여행과 같았으면 하는 나의 바람을 채워주는 소중한 짐 덩이.
사람들의 말처럼 이 배낭의 무게가 참말 인생의 무게라면
이를 감당할 수 있어서 다행스럽다.

카페도 오늘은 특별하게 느껴진다. 둘러멘 배낭 덕에 사소한 것에도 괜스레 설레는 나를 발견한다.

일상이 여행과 같았으면 하는 나의 바람을 채워주는 소중한 짐 덩이. 돌아다니며 일을 할 수 있게 해주는 감사한 짐 덩이. 사람들의 말처럼 이 배낭의 무게가 참말 인생의 무게라면 이를 감당할 수 있어서 다행스럽다. 오늘도 가방을 메고 삶이라는 여행길을 나선다.

생 각 과 나 사 이 의 공 간

투명한 민들레 문진

이제는 기억이 흐릿해진 한 가게에서 손바닥만 한 민들레 문진을 처음 만났다. 그 공간의 가장 볕이 잘 드는 곳에 장식으로 올려진 문진을 가까이서 들여다보았다. 그 작은 사물이 온몸으로 받아내는 빛은 나를 통과해 마음에까지 스며드는 것 같았다. 사랑에 빠진 기분이었다.

문진 중앙을 솜방망이처럼 빼곡하게 채운 씨앗에 마음을 뺏겨 자주 갔음에도 그 물건에 온정신이 팔렸는지 가게는 도통 기억나질 않는다. 분명 자잘하고 귀여운 것들을 파는 곳이었을 것이다. 그 영롱하고 탐스러운 물건이 당시에는 비싸게 느껴져서 대신 그와 유사한 문진 사진을 자주 찾아보았다. 그것으로도 아쉬운 날엔 가게에 찾아가 문진을 들여다보며 언마음을 녹이곤 했다.

그렇게 누군가의 민들레 문진으로 마음을 달래던 어느 날성수의 한 문구점에서 파란 꽃송이가 들어간 문진을 보게 되었다. 순간 민들레 문진을 처음 만났을 때의 설렘이 되살아났다. 결국 뒤지고 뒤져 해외 구매 대행으로 주문했다. 배송이오래 걸린다기에 애써 잊은 듯 지내던 중 민들레 문진은 4월의 시작을 알리며 나에게 거짓말처럼 와주었다.

요가를 할 때 수련의 마무리로 사바 아사나(송장 자세)를 통해서 몸을 이완시킨다. 매트 위에 누운 뒤 다리를 어깨너비로 벌려 발끝을 밖으로 자연스럽게 연다. 손바닥은 하늘로 향하게 엉덩이 옆에 둔다. 그런 다음 온몸에 긴장을 풀고 혀끝까지 힘을 빼서 휴식에 들어가는 것이다. 말 그대로 송장이 되는 자세이다. 이 자세를 하는 동안은 잠을 자는 것이 아니라 명상을 하듯 고요하게 호흡하며 몸을 이완시킨다. 나는 이 사바 아사나를 하는 동안 머릿속에 민들레 문진의 가운데 머리 부분을 자주 떠올린다. 문진을 보고 있으면 고요 속의 민들레 머리 부분이 나 자신처럼 느껴지기 때문이다.

나를 둘러싸고 떠다니는 여러 생각이 솜털처럼 돋아난 씨앗들 같다. 앉아서 명상할 때나 누워서 사바 아사나를 할 때

앉아서 명상할 때나 누워서 사바 아사나를 할 때도 문진을 떠올리면
자연스레 내 안에 일어나는 생각들과 나 사이에 공간이 생긴다.

도 문진을 떠올리면 자연스레 내 안에 일어나는 생각들과 나 사이에 공간이 생긴다.

　마음이 고단하고 나를 지키는 일이 힘든 밤이 있다. 그럴 때면 내 강아지의 체온과 엄마가 보내준 참기름 냄새와 책상 위에 놓인 민들레 문진이 나를 지탱한다. 누군가에게는 불필요한 것이 내 인생에서 가장 짙은 농도의 쓸모 있는 물건이 되어 나를 살게 하는 것이다.

내밀한 마음

재작년 말, 작은 서점에서 직접 제작해 판매 중인 다이어리를 처음 알게 되었다. 두꺼운 벽돌 같은 생김새였다. 두 페이지에 걸쳐 10년 치의 오늘이 펼쳐져 있는 다이어리를 보며 기발하다고 생각했다. 다이어리에 채워진 매년의 하루하루를 돌아보는 나를 상상하니 목덜미가 간지러웠다.

바로 구입하려고 했지만 그 서점에서는 이미 품절된 상태였다. 포털 사이트를 검색해서 발견한 다른 몇 가지 제품은 디자인이 영 내키지 않아 마음 한편에 담아두고 1년을 기다렸다. 어김없이 연말이 돌아왔고 서점의 인스타그램에서 다이어리 판매 피드를 발견하자마자 주문을 넣었다. 그렇게 오랜 시간이 흐른 후에야 까만 양장 다이어리와 만났다.

하루를 남기는 데 주어지는 칸은 손가락 두 마디 정도뿐이다. 하지만 10년을 한 권에 적어 넣기 위해서는 상당한 두께가 필요하다. 침대 옆에 늘 펴두는 베드 트레이 위에 다이어리를 펜과 함께 올려두었다. 그로 인해 올해 새로 생긴 나의 습관은 잠들기 전 오늘 하루를 서너 줄로 정리하는 것이다. 처음에는 하루 중 중요한 기억을 더듬어 적기보다 당장 떠오르는 것을 의식의 흐름대로 적어내려갔다. 그렇게 보름 정도 지나고 나니 페이지를 넘길 때 윗줄이 까맣게 변했다. 한 달이 흐른 요즘은 더 오랜 시간이 지난 후의 내가 오늘의 무엇을 궁금해할까를 생각하며 한 칸에 하루를 기록하고 있다.

하나의 펼친 면으로 10년간의 오늘을 한눈에 볼 수 있다. 두 번째 칸을 채워나갈 때의 나는 어떤 모습으로 살고 있을까? 열 번째 칸을 채울 때 내 마음의 꼴은 어떤 모양일까? 당장 내일조차 모르겠는데 이 다이어리를 쓰다 보면 자꾸만 그런 것들이 떠오른다. 모든 칸이 단정하게 정리된 마음으로만 채워지면 좋겠다. 하지만 나의 헐벗은 민낯을 기록하는 곳이기 때문에 마냥 맑은 하루만 담아낼 수는 없을 것이다. 훗날 그 어떤 책보다 나를 울게 할지도 모른다.

일기를 쓰기 전까지는 자기 전에 늘 명상을 하며 하루를 돌

1/22

2020 木
2021 金
2022 土
2023 月
2024 月

2025 水
2026 木
2027 金
2028 土
2029 月

하나의 펼친 면으로 10년간의 오늘을 한눈에 볼 수 있다.
두 번째 칸을 채워나갈 때의 나는 어떤 모습으로 살고 있을까?

아보았다. 고요하게 호흡하고 있으면 어디서 시작되었는지 모를 다양한 생각들이 나에게로 천천히 다가와 말을 걸었다. 일기를 쓰면서부터 몇 문장으로 하루를 정리한 후 가부좌를 꼼꼼하게 틀고 정적에 머물면 예전보다 고요함이 일찍 다가온다. 명상 전 기록하는 몇 줄이 내게 얼마나 큰 영향을 미치는지, 수기의 힘을 다시 한번 느꼈다.

안으로 파고드는 성정이 자주 나를 고되게 한다. 덮어두고 모른 체하면 켜켜이 쌓인 그늘이 대중없이 뭉쳐 나를 한입에 삼킬까 두렵다. 재미난 일에 흥미를 가지는 것은 잠시 잠깐 즐거울 수 있지만, 끊임없이 생각을 알아차려 보듬고, 그것을 쓰고 그래서 뱉어내야 여여한 마음을 오래 유지할 수 있다. 이제는 나의 이러한 면모를 모르던 때로 돌아가 마냥 천진할 수 없다는 것을 안다. 결국 내가 가진 다양한 성질 중 그 내성 발톱 같은 기질이 나를 안으로든 밖으로든 쉼 없이 나아가게 하니 미워할 수도 없는 노릇이다. 이 그림자 같은 녀석과 정답게 지내며 기록하고 들여다보기에는 두툼한 10년 다이어리가 안성맞춤이다.

나에게 다가오는 것들을 열린 마음으로 맞이하자고 마음먹는다.
시간 속에서 변화하는 나를 발견할 때마다
내일의 나는 또 어떤 마음을 가지고 살지 궁금해진다.

3장

삶의 전환점에서

마음이 가려울 때

길쭉한 바디 브러시

결혼하는 것은 등을 긁어줄 사람이 필요하기 때문이라고 생각하던 시기가 있었다. 꼭 등만 아니라 혼자 살면서 환경적으로 힘든 부분을 서로 채워주는 사이 정도로 부부를 정의내렸던 것 같다. 그만큼 사랑에 대한 배신과 실망감을 직접 맛보거나 주변에서 많이 봤던 시기였다. 혼자 살아도 그만이지만 가려운 등만큼은 효자손으로 아무리 긁어도 사람의 손길만큼 시원하지 못하다.

술자리에서 이 이야기를 했을 때 결혼한 친구가 헛웃음을 지으며 말했다.

나에게 결혼은 서로에게 바디 브러시 같은 존재가 되어주는 것이다.
하지만 이제는 그 범위가 넓어졌다. 결혼이란 등의 가려움을 넘어서서,
마음의 가려움을 긁어줄 노력을 함께하는 것.

"꼭 그렇지만은 않아. 결혼해서 사랑이 더 싹트는 경우도 많고 그로 인해 생기는 안정감은 말로 표현 못 할 만큼 포근해. 경험해보면 알 거야."

기혼자 입에서 나오는 달콤한 결혼 후일담이 가뭄이던 시기에 단비와 같은 말이었다. 철없이 그저 밖으로 나도는 것만 즐기는 줄 알았던 친구가 다시 보이기도 했다. 덕분에 결혼에 대한 딱딱한 생각을 말랑하게 풀어 다시 재정립하는 계기가 되었다.

결혼은 하지 않았지만 등은 간지러운 내가 아쉬운 대로 구입한 것이 바디 브러시였다. 손바닥에 쓸어보았을 때 적당히 까슬한 녀석으로 골랐다. 우선 미지근한 물을 묻혀 모질을 부드럽게 풀어준다. 적당한 양의 샤워젤을 짠 뒤 거품을 풍성하게 만들어서 등을 쓸어주듯 조심조심 밀어준다. 다 쓰고 난 후엔 탕탕 털어 수건으로 물기를 닦아낸 다음 바람이 통하는 곳에 걸어둔다. 사람 손만큼은 아니지만 제법 시원해서 내겐 효자손처럼 고마운 물건이 되었다.

그럼에도 여전히 나에게 결혼은 서로에게 바디 브러시 같은 존재가 되어주는 것이다. 하지만 이제는 그 범위가 넓어졌다. 결혼이란 등의 가려움을 넘어서서, 마음의 가려움을 긁어줄 노력을 함께하는 것. 밖에서 쌓아온 먼지, 가려웠던 마음을 집에서 서로 툭툭 털어주고 삭삭 긁어 상대의 입꼬리를 올려주는 것. 쓰고 보니 말이 쉬워서 마음의 각오는 더욱 단단히 하게 되는 그런 것.

(바디 브러시를 생각하며 만난 사람과 얼마 전 결혼을 해서 지금은 이런 배우자가 되려고 노력하고 있다.)

단순함의 깊이

20대 때 나의 옷장에는 어떤 스타일을 즐기는 사람인지 가늠하기 힘들 정도로 옷이 중구난방이었다. 오늘 몸매가 드러나는 스키니진을 입으면 다음 날은 얼굴의 반을 가리는 뿔테 안경에 슬랙스와 단정한 셔츠를 입었다. 오늘 올블랙으로 입었다가 다음 날은 화려한 플라워 패턴의 원피스를 입기도 했다.

취향을 파악하고 선택한 의상이라면 때에 맞춘 나의 스타일이라고 할 수 있겠지만 그때는 취향이라는 열매가 영글기전이었다. 그러다 보니 실용성이나 내게 어울리는지 따위를 가리지 않고 부지런히 충동구매를 일삼았다. 어디로 튈지 모

나를 둘러싼 관계도, 입고 다니는 옷도 더 담백해졌으면 한다.
더해서 채우기보다 뺄 것을 빼서 단순해짐으로써
더 깊이가 생겼으면 좋겠다.

르는 스타일만큼 어디로 튈지 모를 내 감정에 끌려다니느라 하루는 웃고 하루는 울기를 반복하며 20대를 보냈다.

한 브랜드의 남자 옷을 좋아한다. 이제는 몸의 윤곽이 드러나는 옷을 거의 입지 않다 보니 그곳의 면 티셔츠와 셔츠 몇 개를 아주 잘 입는 편이다. 이 브랜드를 알기 전 몇 주 동안 여자 옷 파는 사이트와 가게를 다니며 갖고 싶던 넉넉한 품의 셔츠를 찾아 헤맸다. 여성 의류 쇼핑몰에서는 품이 넓다 치면 겨드랑이가 아래로 내려오는 가오리 핏이 대부분이었다. 스탠더드한 디자인을 찾다가 우연히 그 브랜드의 남자 옷 코너에서 발견했다. 남자 옷이 있는 층에 갈까 말까 고민하다가 올라갔는데 저 멀리 고운 살구색 셔츠가 보였다. 갖고 싶은 셔츠를 직접 만들었다면 딱 저 느낌일 것 같았다. 마음에 쏙 드는데 심지어 20%나 세일 중이니 사지 않을 이유가 없었다. 여름에도 가볍게 입을 수 있는 얇디얇은 이 긴팔 셔츠는 에어컨 바람을 바로 맞는 것을 꺼리는 나에겐 최적이었다.

정리를 자주 한다고 하는데도 옷장에는 입지 않는 옷들이 천지다. 자주 입는 옷들만 손이 잘 닿는 곳에 놓게 된다. 봄에는 일주일 정도 외출할 때마다 버릴 옷을 하나씩 가지고 나가서 의류 수거함에 넣은 적도 있다. 옷을 사는 만큼 버리며 살아야 균형이 맞을 거라는 이야기를 들었다. 예전의 내겐 옷 쇼핑이 스트레스를 풀기 위한 좋은 방편 중 하나였다. 그 시절

심심하면 쇼핑을 해대는 통에 사는 만큼 버릴 수가 없었다.

옷장을 열어보며 조금 더 단출해지고 싶다는 생각을 자주 한다. 입었을 때 내게 가장 알맞고 나를 편안하게 만들어주는 스타일은 어떤 것일까 생각해보는 것이다. 편안하다는 것이 결코 캐주얼한 스타일만을 이야기하는 것은 아니다. 새로 산 옷을 입어도 기존에 있었던 옷처럼 어색하지 않고 나답게 만들어주는 스타일이 있다. 최근에야 내게 맞은 스타일이 무엇인지 어렴풋이 찾은 것 같다.

거울 앞에 섰을 때 은은한 체크무늬의 품이 넉넉한 셔츠를 입은 짧은 단발머리의 내 모습에 편안함을 느낀다. 최근 옷장에 담백하고 헐렁한 옷들이 많다. 그 옷을 입고 거울을 보면 마음에 거리낌 없이 나답다는 생각이 든다. 그래서 쇼핑으로 옷장을 채우기보다 소장한 옷들을 깨끗하게 세탁해가며 오래 입고 싶은 마음이 앞선다. 3~40대의 옷장은 옷장 주인의 역사이자 현재의 나를 대변해준다고 한다. '내가 뭘 입고 싶은가'는 '앞으로 어떻게 살고 싶은가'를 말해주기도 한다. 그런 의미에서 나를 둘러싼 관계도, 입고 다니는 옷도 더 담백해졌으면 한다. 더해서 채우기보다 뺄 것을 빼서 단순해짐으로써 더 깊이가 생겼으면 좋겠다.

그림 그리는 할머니가 되려면

파스텔 톤 유성 색연필

대학 4년을 쉴 틈 없이 달려 졸업하자마자 취직을 했다. 나의 업무는 잡지에 들어가는 삽화를 그리는 일이었다.

부서에서 제작하는 여러 권의 잡지 중 가장 큰 비중을 차지하는 것이 경제 주간지였다. 그 잡지에 매주 서너 개의 내 일러스트레이션이 고정으로 들어갔다. 잡지의 초반부에 나오는 CEO 캐리커처는 책의 메인이나 다름없었고 후반부에 들어가는 성 칼럼 일러스트는 딱딱할 수 있는 경제지에 한 숟가락 끼얹은 달콤한 소스 같았다. 중간에 들어가는 칼럼의 삽화나 표지에 들어가는 그림을 가끔 그리기도 했다.

남을 위한 그림을 그리느라 지칠 때면 나를 위한 그림을 그려
언 마음을 녹였다. 나를 위한 그림을 계속 그리기 위해
남을 위한 그림을 그려 돈을 벌었다.

처음에는 그림을 완성하는 일에 급급했다. 동양화과를 졸업한 그해 5월에 입사한 터라 옥당지(화선지 중 품질이 가장 좋은 종이)와 붓에 익숙했다. 그렇다 보니 태블릿으로 그림을 그리는 것에 적응하느라 초반부에 꽤 고생했다. 인수인계해준 선배는 앞으로 나의 상업 일러스트레이터 생활에 길이 남을 명언을 해주고 떠났다. 이 일을 한 지 햇수로 13년이 지났고 프리랜서가 된 지금까지도 그 조언을 가장 중요하게 생각한다.

완성보다 중요한 것은 마감이다.

마감이 정해져 있는 신문사에서 가장 중요한 것은 시간 약속이었다. 마감을 지키는 일에 익숙해지고 나니 그제야 한 권의 책에 들어가는 내 그림의 캐릭터들이 보이기 시작했다. 초반부에 들어가는 캐리커처는 책의 시작이니 밝고 경쾌한 이미지가 좋고, 중간에 들어가는 칼럼들은 바빠서 기사를 읽지 않는 사람에게도 그림만으로 정보를 전달할 수 있어야 한다. 성 칼럼은 제목과 어우러지는 그림을 그려 마지막 장까지 알차게 넘길 힘을 주면 좋다. 어느 정도 숲을 보는 여유가 생겼지만 그때는 각각의 나무만 겨우 수습할 때였다. 경제지라는 통일성 아래 칼럼마다 성격이 다르니 그림의 분위기도 달라야 책 한 권 안에서 리듬이 만들어진다. 신참인 나에게 다양한 스타일을 표현하는 것은 큰 숙제였다. 2년 차까지는 월요일 회의 때마다 삽화 스타일이 다양해졌으면 좋겠다는 피드백을 들었다.

잡지의 일러스트레이터가 여러 명인 것처럼 보이도록 다양한 그림체를 개발하기 위해 연구해야 했다. 제일 처음 떠오른 것이 색이었다. 색에 대한 편애가 심해서 내가 쓰는 색은 늘 채도가 낮은 파스텔 톤이었다. 은은한 색들을 보면 마음이 설레니 늘 쓰는 색들만 쓰는 것이다. 참 단순했다. 하지만 그림을 그려서 돈을 버는 이상 내 마음에만 드는 그림을 그릴 순 없었다. 그런 이유로 필요할 때는 과감하게 원색을 사용하기 시작했다.

이왕이면 색에 대해 잘 알고 쓰고 싶어서 학교 다닐 때는 관심도 없던 컬러리스트 기사 자격증도 땄다. 라인을 의도적으로 다양하게 쓰고, 배경에 꾸미는 요소들을 조절하면서 잡지에 들어가는 삽화마다 변화를 주기 시작했다. 쉽지 않은 과도기를 거쳐 여러 가지 그림 스타일에도 안정이 느껴지기 시작했다. 주간지에 고정으로 들어가는 칼럼을 쓰던 분은 내게 따로 일을 맡기기도 했다. 나를 위한 그림이 아닌 남을 위한 그림을 그리고 있다는 것을 체감했다.

3년 차가 되고부터는 회사 몰래 외주 일을 받기 시작했다. 매주 전국 서점에 내 그림이 실린 주간지가 깔리다 보니 포트

폴리오 사이트에 올릴 그림은 넘쳐났다. 외주 미팅을 나가면 그림만 보고 남자분인 줄 알았다는 말을 듣기도 했고, 그림 스타일이 달라서 같은 작가인 줄 모르고 한 업체에서 각각 따로 외주 일을 주는 해프닝도 벌어졌다.

통장에 돈이 쌓이는 재미가 있었지만 그럴수록 마음은 텅 비어가는 듯했다. 뭐든 의욕이 넘칠 20대 후반에 나의 그림에는 정체성이 사라진 것 같았다. 내 이름을 대면 가장 대표적으로 떠오르는 그림이 뭘까? 어느 것 하나 먼저 떠오르는 것이 없었다. 두려워지기 시작했다. 나는 그림을 통해 이야기하는 사람이었는데 그런 내가 점점 사라지는 기분이었다. 타샤 튜더, 데이비드 호크니처럼 할머니가 되어서도 그림을 그리며 사는 것이 내 꿈인데 방향이 잘못된 것 아닌가 하는 조바심이 났다. 당장 그림을 그리는 행위 자체에 재미를 느낄 방법을 고민해봤다. 태블릿이라는 도구를 사용하고 포토샵으로 그림을 그리기 시작하면서 수작업은 안 한 지 오래였다. 보고만 있어도 날 설레게 하는 그 색깔들이 머릿속에 피어올랐다. 그 길로 남대문 알파문구에 달려가서 낱개 색연필을 골랐다. 생각을 비운 채로 단순히 좋아하는 색만 가득 담아서 드로잉북과 함께 계산했다. 회사로 돌아가는 발걸음이 오랜만에 가벼웠다.

한동안 시간이 날 때마다 드로잉북에 색연필 그림을 잔뜩 그렸다. 하나같이 채도가 낮은 파스텔 톤이었다. 보고 있자니 만족스러워서 SNS에 그림을 올렸다. 기록 용도로 올리기 시작했는데 좋아해주는 사람들이 생기기 시작했다. 흥이 올라 계속 그려나갔다. 점차 나만의 색깔이 생겼고 SNS는 점점 '나'라는 그림 작가를 알리는 창구가 되어갔다.

남을 위한 그림을 그리느라 지칠 때면 나를 위한 그림을 그려 언 마음을 녹였다. 나를 위한 그림을 계속 그리기 위해 남을 위한 그림을 그려 돈을 벌었다. 둘 다 놓칠 수 없는 중요한 일이었다. 그 안에서 계속 균형을 잡아가다 보니 개인 작업물이 쌓이고 운 좋게도 책으로 엮어 세상에 나왔다. 내 글과 그림으로만 가득한 종이책을 손에 받아들고 보니 남을 위하고 나를 위하는 일 사이의 경계가 무너지는 소리가 들리는 것 같았다. 내가 그리고 싶은 그림이 무엇이고 남들에게 보여주고 싶은 그림은 또 무엇일까? 여러 생각이 그물처럼 얽힌 어지러운 마음을 들여다보려 노력했다. 나를 옭아매고 있는 것은 내 스타일이 있어야만 한다는 생각의 틀이었다. 신입 시절에 만들기 위해 애썼던 그것들이 이번에는 역으로 발목을 잡아 앞으로 나아가지 못하고 있었던 것이다.

알아차리고 나니 다시 신나게 나를 위한 그림을 그릴 시기가 된 것 같았다. 내가 만든 기준이 틀이 되던 시기가 있었다면 이제는 내가 만든 단단한 뿌리를 믿고 좀 더 자유로워져야 한다. 나를 좀 더 믿어주기로 다짐하는 날이면 어김없이 화방으로 달려간다. 좋아하는 색의 유성 색연필을 잔뜩 사서 집에 와보면 도대체 몇 개인지 모를 같은 색이 쌓여 있다. 보고만 있어도 좋은 색을 그득 쟁여두는 작은 사치는 새로운 다짐을 더 단단하게 해준다. 쌓이는 색연필들은 앞으로 나아가려는 길의 든든한 디딤돌이 되어줄 거로 믿는다.

이름표 바꿔 달기

고등학생 시절, 쉬는 시간에 엎드려 있으면 친구들이 내 머리카락을 헤집어 흰 머리를 찾아 뽑아주고는 했다. 그때는 뽑을 수 있는 수준이었다. 아빠가 살아 계셨을 적에도, 엄마와 오빠도 흰 머리가 진작부터 있었던 걸 보면 유전임이 틀림없다. 그래도 10대 때부터 흰 머리라니, 너무하다.

20대 후반부터 어쩔 수 없이 한 달에 한 번씩 염색을 해왔다. 이제는 중간 가르마를 타서 희끗한 게 눈에 띌 때 캘린더 앱을 확인해보면 어김없이 염색한 지 20일 정도 지난 뒤다.

두 번 뿌리 염색을 하면 한 번은 전체 염색을 하는 나만의 규칙이 있다. 처음에는 올리브영에서 세일하는 것을 사다 발랐는데, 몇 해 전부터는 염색약 튜브와 중화제가 분리된 것을 인터넷으로 사서 쟁여둔다. 전문가 같아 보이는 미용 고무장갑도 사용한다.

염색한 지 보름이 넘어가기 시작하면 거울 너머에서 머리카락을 넘겨보며 생각한다. 10년쯤 더 지나면 흰 머리가 검은 머리보다 더 많아질지도 모르겠다고.

거울을 볼 때마다 스트레스로 가득하던 시절이 있었다. 흰 머리만 안 나면 다 괜찮을 것 같다고 여겼다. 나에 대해 스스로 불만이 많던 시기여서 잡힌 꼬투리가 하필 흰 머리였던 것인지도 모른다. 하필 키도 작아서 사람들이 다 내 정수리만 보고 있는 것 같았다. 스트레스를 받아서 흰 머리가 나는 건지 흰 머리가 나서 스트레스를 받는 건지 알 수 없는 굴레의 연속이었다. 사람들이 내 흰 머리를 단점으로 바라볼까 두려워하는 마음을 가만 들여다보니 이것을 단점으로 생각하는 것은 다름 아닌 나였다.

단점은 드러내지 않는 편이 좋다. 단점을 드러내는 순간 사람들의 눈에는 그것밖에 보이지 않기 때문이다.

한 배우가 방송에서 단점에 대해 이렇게 말했다. 그 마음이

스스로 단점이라 여기던 것도 특징이라는
이름표로 바꿔 달아주고 나면 매력이 될 수 있겠지.

이해는 가지만 내 경우엔 반대다. 내가 가지고 있는 것 중 단점이라는 이름표를 붙인 부분들이 있다. 한데 그것들은 혼자 싸매고 끙끙 앓다가 자의든 타의든 막상 꺼내고 보면 별거 아닐 때가 많았다. 그렇게 드러났을 때 오히려 속 시원한 경우가 있는데 나에겐 흰 머리가 그랬다.

여전히 매달 한 번씩 꾸준히 염색을 하고 있다. 이변이 없는 한 앞으로도 그럴 계획이다. 하지만 예전의 나와 다른 게 있다면 비슷한 주제가 화두에 오를 때 이제는 내가 먼저 흰 머리의 정체를 밝히게 되었다는 점이다. 30대가 되면서 두둑해진 배짱 덕도 있겠지만 흰 머리가 나는 것이 동년배에게 자연스러운 일이라 편해진 면도 있다.

더불어 나의 부지런한 셀프 염색의 역사를 상기하며 다시 한번 확인한 사실이 있다면, 사람들은 남에게 별 관심이 없다는 점이다. 우리는 늘 그 점에 서운하고 그 점에 안도한다. 흰 머리에 관해서는 지극히 후자다.

우스갯소리로 나도 40대가 되면 강경화 장관님처럼 은발로 멋지게 살겠다고 주변에 이야기한 적이 있다. 하지만 사실 강경화 장관님이 가진 매력이 커서 그녀의 은발조차도 매력적으로 보이는 거라고 할 수 있다. 스스로 단점이라 여기던 것도 특징이라는 이름표로 바꿔 달아주고 나면 매력이 될 수 있겠지. 어느 날 갑자기 사표를 쓰게 된 것처럼 어느 날 갑자기 내 흰 머리가 아무렇지 않아 보이는 날이 올까? 그런 날이 오면 거울을 볼 때마다 나의 은발과 사랑에 빠질지도 모른다. 아직은 먼 일 같지만 말이다.

약 간 의   거 리 가   필 요 한   날

대학을 졸업하자마자 직장을 구하기 위해 서울에 올라왔다. 서울 생활을 시작한 오피스텔에 가장 먼저 들여놓은 것은 장 스탠드였다. 갓 아랫부분의 목이 이리저리 자유롭게 휘는 형 태였다. 스탠드의 머리가 위를 향하면 천장으로 넓게 빛이 부 서져 부담 없이 공간을 밝혔고, 아래로 향하게 두면 방을 환 하게 밝혀 어둠을 보듬었다. 하얀 불빛은 눈이 아파서 늘 노 란빛 전구를 끼운 스탠드만 켜고 생활했다. 방 안 가득 노란 불빛이 쓸쓸하던 서울 생활을 따뜻하게 위로했다.

    서울에 올라와서 지금까지 7번의 이사를 하면서 다른 물

당기려 노력한 마음의 이름표가 '애씀'이었는데 어색한 사이가 싫어

일찍 놔버린 마음도 다른 종류의 '애씀'이었다.

건은 몰라도 스탠드만큼은 늘 챙겼다. 어느 동네에 살던 간에 장 스탠드의 자리는 항상 침대 옆이었는데, 가장 최근에 이사한 후부터는 그 자리에 있는 게 어색했다. 흐르는 시간만큼 내 취향이 변한 걸지도 모른다. 이것저것 새것으로 사들이느라 자주 들어간 사이트에서 본 빛나는 것들로 인해 눈이 높아진 것일 수도 있다. 스탠드의 불빛도, 외형도 그대로인데 그 자리에 있는 녀석을 영 불편한 시선으로 보고 있는 나를 발견했다. 버릴까 말까 고민하다가 함께한 시간이 오래다 보니 쉽게 결정하지 못하고 일단 옷방의 한편, 눈에 보이지 않는 곳에 밀어 넣어둔 채 잊고 지냈다.

그로부터 몇 달이 지나 작업실을 갖게 되었다. 이사를 많이 해왔지만 계약 전 살펴야 할 나의 체크리스트에 전등에 대한 사항은 없었다. 너그러운 마음으로 작업실의 장점만 보고 계약했다. 그런데 아쉬운 대로 괜찮을 거라 여겼던 조명이 문제였다. 환한 낮에는 불을 밝힐 일이 없지만 좁지 않은 공간에 밤이 찾아오니 조명 여러 개가 필요한 상황이 되었다. 조명 몇 개를 새로 사다 보니 문득 옷방에 넣어두었던 스탠드가 생각났다. 그렇게 장 스탠드는 다시 밝은 곳으로 나와 작업실 중앙 테이블의 옆자리를 차지하였다.

작업실에서 다시 만난 스탠드를 보며 지금은 더 이상 만나지 않는 친구를 떠올린다. 이마를 맞댈 수 있을 정도의 거리만을 원하던 사이였다. 언제나 잘 맞던 우리에게 낯선 시기가 있었다. 불만을 불만이라 말하지 못했고 서운함을 바로잡으면 멀어질까 두려워 마음속에 쌓아두었다. 마음의 거리를 조절하는 방법에 서로 서툴렀다. 드러낸 적 없지만, 친구도 마찬가지였을 것이다. 멀어짐의 결정적 계기가 될 만한 사건 없이 관계는 서서히 무뎌져 갔다. 인연이 끊어지기 전에 급히 한 걸음 보태지 않고 그 관계를 마음 안 옷방에 넣어두었더라면 지금쯤 우리의 모습도 달라지지 않았을까? 그 시절이어서 타인과 그리도 허물없이 가까울 수 있었고, 그 시절이었기에 쉽게 손을 놓아버릴 수도 있었다. 불같던 연애의 흐지부지 끝나버린 마지막처럼.

모든 관계에서 가장 중요한 것은 거리 유지라는 것을 한 살, 두 살 먹어가며 뼈저리게 느낀다. 무 자르듯 잘라야 하는 건강하지 못한 인간관계도 물론 있지만 한번 맺은 연이라는 것이 그렇게 쉽게 끊어지는 것이 아니라는 것도 알게 되었다. 당기려 노력한 마음의 이름표가 '애씀'이었는데 어색한 사이가 싫어 일찍 놔버린 마음도 다른 종류의 '애씀'이었다.

이제 거리를 두고 싶은 관계가 생기면 단박에 끊어내기보다 마음의 구석에 슬그머니 넣어둔다. 멀어질 인연이라면 그렇게 잊힐 것이다.

생채기 없이 쉬이 멀어진 인연은 한때의 추억으로 고이 보내준다. 계절이 흐르듯 시간이 흘러 다시 자연스레 거리가 좁혀지는 관계라면 장 스탠드처럼 양지로 꺼내 와서 보듬어야지. 소중한 것의 손을 놓아버린 경험으로 만들어진 생각이지만 그렇다 한들 어제를 돌아보아도 미련은 없다. 지나간 일들은 결국 그럴 일들이었으니까.

내일의 취향

가죽 다이어리, 아이패드, 화장품 파우치, 사탕이나 초콜릿, 그리고 책 한 권.

늘 외출할 때 챙기는 목록에 책 한 권이 빠지지 않는다. 하루에 한 장 겨우 넘기는 날도 있지만 들고 나가야 마음이 편하다. 한 장씩 넘길 때마다 느껴지는 바스락거리는 감촉을 좋아하는 종이책 예찬론자이다.

그리고 고소한 책 냄새를 사랑한다. 보통날에도 버스를 타고 나가서 책이 가득한 서점 의자에 가만히 앉아 있으면 나를 감싸는 특유의 따뜻한 기운에 위로받곤 했다. 가족과 친구,

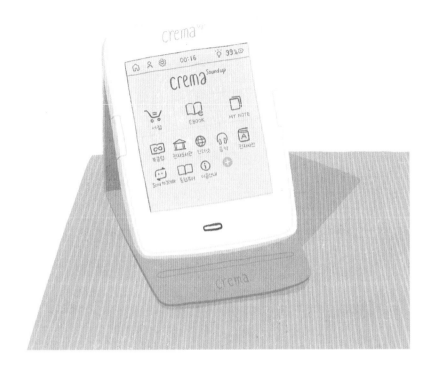

흐르는 시간에 따라 취향의 모양과 마음의 생김새가 달라져간다.

'마음을 너무 막아두기보다 흘러가는 대로 열어둬야지' 하고 다짐한다.

연인에게서 받는 것과는 또 다른 결의 포근함이다.

　그러던 어느 날 우연히 중고 서점에서 이북 리더기의 실물과 마주했다. 생각보다 작은 사이즈에 무게가 꽤 가벼웠고 양옆 버튼을 누르니 손쉽게 책장이 넘어갔다. 이북 리더기 하면 아이패드로 책을 읽는 것과 비슷할 거라 예상하며 눈의 피로를 염려했다. 한데 마치 잉크로 한 자 한 자 찍은 듯한 출력 방식이 일반 전자기기와는 달라 눈에도 나쁘지 않을 것 같았다. 외출할 때마다 돌덩이를 들고 다니는 듯한 가방의 무게로 어깨 통증이 극심하던 차에 제대로 솔깃했다. 자고로 선물이라는 것은 내 돈 주고 사기에는 애매하고, 눈에는 주기적으로 밟히는 것을 받았을 때 가장 기쁘다고 하지 않던가. 마침 서점에서 봤던 그 이북 리더기를 선물 받게 되었다.

　받자마자 읽었던 첫 책은 즐겨듣는 도서 팟캐스트에 소개된 《다크호스》였다. 어떤 경로로든 당장 읽고 싶었는데 간편하게 결제 후 바로 읽을 수 있다는 점도 전자책의 매력이었다. 문학의 흡입력과는 다른 종류이지만 주제 그 자체만으로도 흥미로워서 오른쪽 버튼을 제법 빠르게 눌러가며 금세 한 권을 읽었다.

　지하철에 서서 한 손으로 손잡이를 잡고 한 손에는 이북 리더기를 들고 책 읽는 것이 가능하다. 손이 작은 나에게는 그 점이 가장 반갑다. 카페에서는 테이블 위에 세워서 볼 수 있는 케이스를 사용하고 있어서 두 손이 자유롭다.

요즘은 종이책을 두 권 읽으면 이북 리더기로 전자책 한 권을 읽으며 두 매체 간의 균형을 유지한다. 일이 없는 날 이북 리더기를 가지고 집을 나서면 가벼운 가방 무게에 발걸음도 가볍고, 마음마저 편안하다. 자연스레 무게를 줄일 만한 소지품들을 빼버렸다. 예전에 비해 한결 더 가벼워진 가방을 들고 다니다 보니 그간 왜 그렇게 많은 짐을 짊어지고 다녔나 싶기도 하다. (일 때문에 들고 다니는 아이패드나 노트북 외에도 가방에 이것저것 잔뜩 챙겨 넣고 다녔다.)

꽤 오랫동안 나는 어떤 것에 대해 확정하고 매듭짓기를 좋아했다. 그래야 마음에 안정이 생기기 때문이다. 한데 삶은 단정 지을 수 없는 일들의 연속이다. 정말 싫어했던 가지무침이 이제는 없어서 못 먹는 음식이 되었다. 1일 1 아이스크림을 고집하던 내가 이젠 너무 달다는 이유로 배스킨라빈스 앞을 지나도 별 감흥이 없다.

전자책은 종이책을 읽는 것과는 차원이 다르다고만 여겨 읽어볼 생각도 하지 않았다. 하지만 직접 사용해보니 책은 책대로, 이것은 이것대로 장단점이 확실히 있다. 뭐가 좋고 나쁜 것 없이 상황 따라 다르게 쓰면 그만인 것이다. 이북 리더기가 생긴 후로는 무조건 싫은 것이 세상에 있을까 자주 생각해본다. 물론 여전히 종이책도 사랑한다.

흐르는 시간에 따라 취향의 모양과 마음의 생김새가 달라져간다. '마음을 너무 막아두기보다 흘러가는 대로 열어둬야지' 하고 다짐한다. 내 취향이 아닌 사물이나 마주하기 버거운 사람이 생기면 시간이 흘렀을 때는 어떤 모양으로 마음 한편에 자리할지 상상해본다. 내 입에 찰떡같이 맞는 음식을 매일 찾아 먹을 때는 이 또한 지나가리라는 것을 의식해본다. 그러고 나면 무조건 좋은 것도, 싫은 것도 의미가 없어진다. 나에게 다가오는 것들을 열린 마음으로 맞이하자고 마음먹는다. 시간 속에서 변화하는 나를 발견할 때마다 내일의 나는 또 어떤 마음을 가지고 살지 궁금해진다.

바람이 이루어지는 조건

막연히 결혼에 대해 떠올리기 시작할 무렵부터 결혼 준비는 간결하기를 바라왔다. 어떤 계기가 있었던 것은 아니다. 어느덧 주변에 많아진 결혼 생활 선배들은 내 생각을 듣고 한결같이 막상 준비하면 다를 거라고 이야기했다. 당시의 내게 결혼이라는 단어는 너무나도 멀게 느껴져서 아무런 반박도 못 했다. 시간이 흐르고 흘러 내가 드디어 결혼을 하게 되었다.

　취향은 비슷해도 성향이 많이 다르다고 생각했는데 꼭 나 같은 사람을 만났다는 것을 결혼을 준비하며 알게 되었다. 선택에 있어 까다로운 친구가 결혼했던 식장을 한 번 둘러보고

웨딩 링만큼은 막연하게 멋진 것으로 하고 싶다는
내 바람도 충분하게 이루었다.
나와 가치관이 맞는 사람을 만났기에 가능한 일이었다.

남자 친구와 나는 그 자리에서 바로 계약했다. 꼼꼼한 친구의 선택이니 전적으로 믿은 것이다. 나야 그런 성격이다 치지만 남자 친구도 만만치 않음에 내심 반가웠다. 감사하게도 간소하게 시작하고 싶어 하는 우리의 의견을 양가 부모님들이 존중해주셨다.

결혼의 허례허식을 이해하지 못하는 나도 반지만큼은 멋진 걸로 하고 싶다는 생각이 있었다. 예전에는 결혼반지를 머릿속에 그리면 카르티에 반지가 떠올랐다. 사실 그 반지가 어떻게 생겼는지 아직도 모르지만 그때는 멋진 반지의 기준이 그 브랜드인 것으로 알았던 것 같다.

'지금의 내게 멋진 결혼반지란 뭘까?' 오래 생각하지 않아도 바로 떠올랐다. 액세서리를 좋아하고 그중에서도 은 제품만을 고집하는 내게 가장 멋진 반지란 늘 끼고 다닐 수 있는 것이어야 했다. 실버 액세서리를 좋아해서 은공예를 배우기도 했던 터라 남자 친구와 상의해서 웨딩 링을 직접 만들기로 결정했다.

사실 우리에게 은공예가 처음은 아니었다. 열 손가락에 늘 기본으로 네댓 개의 반지가 있는 내 손가락과 돌 반지 이후로 단 한 번도 반지를 껴본 적이 없는 그의 손가락에 반지를 나눠 끼자고 내가 먼저 제안했다. 연애를 한 지 100일쯤 되었을 때였다. 불편해서 싫다고 할 줄 알았던 남자 친구에게서 골드만 아니면 좋다는 답변이 돌아왔다. 그건 나도 마찬가지였다.

　커플링을 만들어 끼고 다녔던 것처럼 자연스럽게 웨딩 링도 우리 손으로 만들게 되었다. 커플링은 각자 본인의 것을 만들었는데 웨딩 링은 서로의 반지를 만들어주기로 했다. 어쩐지 더 정성을 쏟게 되었다. 은을 직접 만지지 않고 왁스 카빙을 했다. 왁스를 깎아서 주물 과정을 거쳐 완성하는 방법이다. 겉 부분은 아무 부늬 없이 매끄럽게 다듬었고 안쪽에 결혼식 날짜와 그달의 탄생석을 넣었다.

　완성된 반지는 결혼식 날 쌍둥이 조카들이 아장아장 버진 로드를 걸어서 가져다주었다. 전날 맥주를 마시고 잔 탓인지 부은 내 손가락에 안 들어가서 한바탕 웃었다.

　아무것도 모를 때 하던 생각과 다르지 않게 결혼을 준비했고 식을 올릴 수 있었다. 상견례 자리에서 양가 부모님 도움 없이 준비하고 싶다는 의견을 말씀드렸고 모은 돈을 합쳐서 집을 구했다. 둘 다 자취를 오래 해서 쓸 만한 물건들이 제법 있었다. 추려서 새집에 가져오고 나머지만 구입했다. 브랜드를 따지지 않고 합리적인 가격에 오래 쓸수록 아름다울 가구를 골랐다. 웨딩 링만큼은 막연하게 멋진 것으로 하고 싶다는 내 바람도 충분하게 이루었다. 나와 가치관이 맞는 사람을 만났기에 가능한 일이었다.

　우리에게 가장 멋진 실버 웨딩 링은 매일 각자의 왼손 약지에서 반짝이고 있다. 반지가 낡으면 언제든 다시 만들기로 했다. 한결같이 빛날 반지처럼, 서로의 옆자리가 편안해질수록 우리 사랑도 변함없이 빛날 수 있게 갈고닦고 보듬어야겠다.

잘 살고 싶은 마음

요가를 하기 전에는 스트랩을 이용해 매트를 메고 다니는 사람을 동경했다. 레깅스를 입고 요가 매트를 들고 있는 모습에 절로 눈길이 갔다. 맨 얼굴도 화려하게 느껴졌고 그 모습에서 자신이 하는 운동에 대한 자부심을 읽었던 것 같다.

요가를 시작하고도 한참 요가 매트를 메고 다니는 것에 대한 로망이 있었다. 내가 다니던 요가원은 요가 매트 중에서도 유명한 브랜드 제품을 쓰고 있었다. 그리고 비교적 관리도 잘 되고 있어서 굳이 따로 가지고 다닐 필요성을 못 느꼈다.

수련한 지 3개월이 넘어 연말을 앞둔 어느 날, 요가원에서 이벤트를 열었다. 일정 기간 제시한 출석 일수에 따라 출석 카드에 도장을 다 채우면 여행용 요가 매트를 준다고 했다. 연말에는 다양한 모임에 마음도 들뜨는 분위기라 출석률이 저조하여 만든 이벤트 같았다. 모임이 많지 않던 나는 부지런히 요가원에 나갔다. 그때까지 요가원에서 한 번도 개근을 해본 적이 없어 처음에는 이벤트에 별 관심이 없었다. 그런데 출석 카드가 점점 도장으로 채워지는 것을 보니 욕심이 생겼다. 거르고 싶은 날에도 부지런히 출석해서 기간 안에 출석 카드를 채울 수 있었다. 이벤트로 받은 매트는 여행용이라 아주 얇았지만 둘둘 말지 않고 접어 다닐 수도 있는 소재였다. 표면이 오돌토돌한 고무여서 가벼운 땀에는 미끄러지지 않는다는 점도 마음에 들었다.

매트가 생기고 나서부터 스트랩을 사서 들고 다녔다. 접어서 가지고 다녀도 되지만 로망을 이루기 위해 그 얇디얇은 매트를 돌돌 말아 등에 지고 다닌 것이다. 요가원에 가지고 가서 폭신한 매트 위에 여행용 매트를 한 겹 더 깔아서 쓰면 딱 좋았다.

이제는 집에 두꺼운 매트와 얇은 매트 두 종류가 있고, 가끔씩만 요가 매트를 가지고 나간다. 그렇게 다니다 보면 파란 요가 매트를 메고 남산 소월길을 걷던 때가 자주 생각난다. 뒤이어 '묵묵함'이라는 단어가 따라온다. 그때는 요가원을 죽

요가원에 들어서서 인센스 향을 맡으며 매트를 깔고 앉아
수업을 기다리면, 그제야 내가 두 발을 땅에 디딘 느낌이었다.

기 살기로 다녔다. 갈피를 못 잡던 시기였다. 가족은 든든하지만 멀리 살았고, 종교도 없는 내가 위로받는 유일한 수단이 요가였다. 물론 수련 자체도 좋았지만, 가야만 했던 절박함이 있었다. 아무리 가벼워도 걷다 보면 어깨가 아파지는 매트를 지고 요가원으로 향하는 길에 화려함은 없었다. 요가원에 들어선 다른 사람들도 마찬가지였다. 원색의 레깅스를 입은 겉모습과는 달리 그 안에는 꾸준하고 담백한 마음만이 존재했다. 모두 조금 더 잘살아 보고 싶은 마음을 안고 온 듯했다. 요가원에 들어서서 인센스 향을 맡으며 매트를 깔고 앉아 수업을 기다리면, 그제야 내가 두 발을 땅에 디딘 느낌이었다.

요즘 요가 매트를 메고 가는 사람을 보면 땀방울의 아름다움이 떠오른다. 작은 요가원에는 매트 펼 공간만 되면 빼곡하게 사람이 모였다. 함께 호흡을 나누며 수련을 하다 보면 옆사람의 에너지가 느껴진다. 그게 좋은 에너지든 좋지 않은 기운이든 모두 이어진 느낌을 받게 된다. 요가는 외부에 무작정 기대지 않고 스스로 잘 설 수 있는 힘을 기르게 해주었다. 그리고 시간이 날 때 하는 것이 아닌 삶의 근육을 기르기 위해 바쁠수록 지켜야 하는 루틴이 되었다. 만약 요가를 알지 못했다면 힘겹던 그 시절을 어떻게 견뎌냈을까. 건강한 방법으로 나를 지켜내고자 오늘도 매트를 편다.

인생에서 가장 잘한 일

내 인생에 오토바이는 안장에도 앉을 일 없는 이륜차라고만 생각했다. 보호막 없이 빨리 달리는 것과 시끄러운 소리, 사고의 위험에 대한 공포가 컸기 때문이다. 그런 나의 시야에 오토바이를 닮은 전기 자전거가 들어왔다.

최고속도는 25~30km/h이고 한 번 충전하면 40km는 달리는데 한 달 전기료가 100원이었다. 대중교통이 다니는 시간에는 택시를 타지 말자는 주의고, 걷거나 자전거 타는 것을 좋아하는 내게 전기 자전거는 생활 반경을 좀 더 넓혀줄 유용한 수단처럼 느껴졌다. 그러고도 한참을 고민하다가 아무래도 너무 오토바이같이 생긴 외관 때문에 엄마 몰래 구입을 결정했다.

　여러 군데를 검색 후 집 근처에 있는 오토바이 가게에 갔다. 가격이 저렴한 곳을 찾는 것도 좋지만 오며 가며 자주 들러 점검받을 수 있는 곳에서 사는 게 옳다고 판단했기 때문이다. 그곳에서 양심적인 사장님을 만났다. "오토바이만큼은 아니더라도 무겁다", "잘 몰 수 있겠냐" 하며 운전 연습도 나서서 시켜주셨다. 오르막길에 산다고 하니 이 전기 자전거가 그곳을 왔다 갔다 할 수 있을지 모르겠다는 반응에서 진심 어린 걱정은 느껴졌지만 물건을 판매할 생각은 없어 보였다. 몇 군데 통화를 나눠본 판매점 사장님들과는 사뭇 다른 분위기였다. 대부분 사장님들은 자전거를 수입해오면서 우리나라 법률에 맞게 제한 걸려 있던 속도를 해제해줄 수 있고, 같은 이유로 빠져 있는 클랙슨 소리를 다시 나게 해줄 수 있다는 것에 초점을 맞추고 있었다. 양심 사장님에게 그 점들을 문의하니 불법이라 해줄 수 없다고 말했다. 그 모습을 보고 왠지 마음이 기울어 여기서 구입하기로 결정했다.

　첫 운전은 생각보다 어려웠다. 후덥지근했던 그날의 날씨와 해가 뉘엿뉘엿 넘어가 물감을 푼 듯했던 하늘을 기억한다. 내가 사는 곳까지 구매한 전기 자전거를 가져다주겠다는 사장님을 말려서 직접 몰고 나오긴 했는데 액셀 당기는 손의 감

전기 자전거를 산 그날이 다 가기 전에 그에게 좋아하고 있다고
고백한 건 내가 할머니가 되어서도 잘한 일이라 여길 것 같다.

각이 낯설어 진땀을 흘렸다. 가까스로 식당에 도착해서 일본 라멘에 교자를 먹으며 생각했다.

'어쨌거나 묵직하고 빨리 달리는 바퀴가 생겼으니 사고로 내 수명이 어제에 비해 짧아질 확률이 높아진 건 분명하다. 그렇다면 내가 미루지 않고 먼저 하고 싶은 일이 뭐가 있을까?' 단박에 한 사람이 떠올랐다. 전기 자전거를 산 그날이 다가기 전에 그에게 좋아하고 있다고 고백한 건 내가 할머니가 되어서도 잘한 일이라 여길 것 같다.

사부작 걷거나 자전거로 동네를 다니다가 전기 자전거를 타고부터는 대중교통으로 가기에 애매하고 어중간한 거리의 동네를 자주 탐방하게 되었다. 전기 자전거가 여러모로 즐거운 변화를 싣고 내게 온 것이다.

우리만의 작은 서점

아카시아 원목 책장

목적지에 모임의 정시보다 조금 일찍 도착했다. 미닫이문을 열고 들어가니 면 티셔츠를 입은 넓은 등짝이 보였다. 나보다 먼저 온 사람이었다. 읽고 있던 책을 덮고 고개를 돌려 나를 보더니 쓰고 있던 안경을 벗고 가볍게 목례를 했다. 일련의 과정은 군더더기 없이 정직했다. 그 독서 모임에서 우리는 처음 만났다. 책으로 은근하게 이어지던 우리 사이의 줄이 어느 순간 팽팽해졌다.

　우리 집에는 공간이 모자라 앞뒤로 빼곡히 꽂힌 이케아 책장이 있었다. 중량만큼 존재감을 자랑하는 책장이었다. 책도 옷처럼 하나를 사면 하나는 알라딘 중고 책방에 팔아야 했는데 마찬가지로 파는 속도가 사는 속도를 따라가지 못했다. 그의 집에는 활자 책도 많았지만 시리즈별로 가득한 만화책 책장이 단연 눈에 띄었다. 그는 여러 번 읽고도 남았을 만화책을 나에게 보여주며 그걸 읽는 내 반응을 살폈다. 내가 웃으면 그제야 함박웃음을 짓는데 그 모습이 참 소년처럼 풋풋했다. 인연이 깊어질 대로 깊어진 어느 봄밤에 우리는 책장을 합칠 것을 약속했다.

같은 날, 같은 이삿짐센터에서 내 집의 짐을 먼저 뺐다. 그다음 그의 집 짐을 빼서 한 집으로 모든 짐을 모았다. 내 집, 그의 집, 그리고 우리의 집 간의 거리가 작은 삼각형을 그릴 수 있는 정도여서 가능했다. 먼저 우리 집 짐을 뺄 때 이삿짐센터 직원분이 우리가 어디서 만났는지 궁금해하며 물었다. 책을 읽다가 만났다고 하자 대번에 "아휴, 그 집도 책이 많겠네요" 했다.

코로나19로 결혼이 연기되는 바람에 결혼식보다 기껏해야 열흘 정도 빠를 예정이었던 책장의 결혼식이 몇 달 먼저 거행되었다. 대다수 가정의 거실에서 가장 큰 비중을 차지하는 텔레비전을 방으로 밀어 넣고, 그 방을 '엔터 룸'이라 부르기로 했다. 대신 거실을 서재로 꾸미자고 사전에 합의했다. 둘 다 거실 서재에 대한 로망이 있었기 때문이다. 거실에 어울리는

서로의 삶에 서서히 물드는 이 시간들이 책장을 합칠 때처럼
부디 자연스러운 흐름을 타기를 바란다.

책장을 찾는 일은 순풍에 돛을 단 듯 빠르게 진행되었다.

밖을 돌아다니기 힘든 시국인지라 꼼꼼하게 손품을 판 끝에 우리가 원하는 수납력과 색상, 그리고 가격대까지 갖춘 책장을 구입할 수 있었다. 빗살무늬 수납장이 아래에 달려 있고 조금 어두운 톤의 아카시아로 만든 책장이었다. 두 개를 사서 벽면에 배치하니 나무가 가진 특유의 차분함이 거실의 분위기를 안정되게 잡아주었다. 우리가 그리던 모습 그대로였다.

목장갑을 끼고 엔터 룸에 쌓여 있던 책을 하나하나 거실로 날랐다. 데칼코마니 같은 두 개의 책장 가운데를 기준 삼아 문학과 비문학으로 나누어 배치했다. 문학의 경우 국내외 작가로 나누었고 비문학의 경우 책의 성격에 따라 나누었다. 정리가 끝날 무렵 애매해진 공간에 남은 책을 적당히 분류해서 채웠다. 겹치는 책은 놀러 온 친구 손에 쥐여주었다.

책을 정리하다 보니 어떤 책 앞에서는 남자 친구가 새롭게 보이기도 했다. 독서 모임 멤버였던 시절, 내가 읽던 연애 지침서를 빌려 가는 그의 모습에 의외라고 생각한 적이 있었다. 그에 대해 잘 모르던 그땐 왠지 무게감 있는 책만 읽을 것 같다고 혼자 판단했기 때문이다. 알고 보니 나만큼이나 책을 편식 없이 읽는 사람이었다. 그런 우리여서 서로의 책장에 관대할 수도, 어려움 없이 서재를 합칠 수도 있었던 것 같다.

책장을 합치는 일은 순조로웠지만 각자 오래 혼자 살아온

만큼 한 공간을 공유하는 것이 쉽지만은 않았다. 그럼에도 불구하고 큰 탈 없이 지나간 건 찰떡처럼 잘 맞아서라기보다 상대방이 많은 배려를 해주고 있기 때문이라는 것을 안다. 서로의 삶에 서서히 물드는 이 시간들이 책장을 합칠 때처럼 부디 자연스러운 흐름을 타기를 바란다. 좋을 때보다 좋지 않은 순간에 더욱 상냥할 수 있어야 한다고 나에게 주문을 건다.

　나는 책 특유의 냄새를 좋아해서 아무 용건 없이도 시점에 가서 기웃거리는 걸 좋아한다. 우리 집 거실 한쪽 벽면 가득 꽂혀 있는 책을 보면 우리만의 작은 서점이 생긴 기분이다. 보고 있는 것만으로도 한 폭의 멋진 그림을 감상하는 것마냥 마음이 푸근해진다. 더불어 그가 작년부터 목표로 삼고 있던 목침 같은《대항해시대》를 올해는 완독하길 조용히 바라본다.

깊어진 인생의 맛

레고 키링

회사에 다닐 때 간혹 하는 일 없이 일주일을 허투루 쓰기도 했다. 그러나 출퇴근을 한다는 사실만으로도 마치 큰일을 하고 있다는 착각에 빠져 하루가 보람차게 느껴졌다. 프리랜서로 일하는 삶은 그와 반대였다. 오롯이 휴식하는 게 의식하고 노력해야 가능한 일이 되었기 때문이다.

외주 일로 정신없는 하루를 보내고도 SNS에 개인 작업을 업로드해야 두 다리를 뻗고 잠들 수 있었다. 점심을 먹고 졸려도 나태해질까 봐 침대에 등을 붙일 수 없었다. 보는 사람이 없어도 괜스레 눈치가 보였다. 다름 아닌 내 눈치를 보며

다시금 즐거움을 찾아 나설 힘이 차오른 후 제일 처음으로 한 일은
장롱면허를 꺼내 운전을 하는 것이었다.

살았다. 뭐가 그리 못마땅했는지 여유를 부리는 시간에는 죄책감이 나를 따라다녔다. 그렇게 쉼 없이 달렸다. 그러다가 작년 연말부터 속이 텅 빈 껍데기가 된 듯한 느낌을 받았다. 늘 속을 풍요롭게 채우려 노력했지만 내 곳간은 점점 더 비어가는 기분이었다. 무엇이 잘못된 건지 답을 알지 못한 채 시간이 흘렀다.

해가 짧은 계절과 맞물려 근심은 깊어져 갔다. 자꾸만 메말라가는 속을 보호하는 게 급선무였다. 그때부터 억지로 해야 하는 일을 경계했다. 든든한 죽 한 그릇처럼 내 등을 찬찬히 어루만지는 일로만 하루를 채우며 연말을 버텼다.

그렇게 해가 바뀌고 싹이 트고 만물이 소생하는 시기가 지나갔다. 요즘은 육체적으로 그 어느 때보다 여유로운 생활을 하고 있다. 삶에 바람을 일으키는 일에만 가치를 두고 살다가 낯설 만큼 잔잔하게 하루를 보낸다. 그저 봄이 왔기 때문인지도, 최근 혼인신고를 하며 결혼이라는 사건이 둥둥 떠다니던 나를 바닥에 단단하게 고정시킨 안전장치가 되었는지도 모른다. 쉬지 않고 노를 저어야 한다는 지난날의 강박에서 벗어나려고만 애쓴 것은 아니었다. 웅크리며 보낸 날들이 있었기에 스스로 나의 한계를 인정할 수 있었다. 저 높이 그어두었던 선을 조금 내려 다시 그었더니 내 눈치를 살피느라 전전긍긍하는 대신 매일을 농밀하게 즐기게 되었다.

다시금 즐거움을 찾아 나설 힘이 차오른 후 제일 처음으로 한 일은 장롱면허를 꺼내 운전을 하는 것이었다. 면허를 일찍 딴 편은 아니었는데 그마저도 면허 따기가 쉬운 시기였어서 장내 기능은 직진만 하고 면허증을 받은 격이었다. 한집에 사는 사람이 운전에 스트레스가 커서 함께 장거리 운전을 할 때 덜어주고 싶은 마음과 한 살이라도 어릴 때 운전 습관을 길러 두고 싶은 마음이 합쳐져서 나를 움직이게 했다.

검색창에 여성 운전 연수를 검색해서 처음 발견한 곳에 무작정 전화를 걸어 바로 등록했다. 자차로 운전 연수를 하는 비용은 10시간에 25만 원이었다. 첫 3시간은 집에서 가까운 미사리로 가서 연수를 받았다. 차가 별로 없는 도로와 짜임새 있는 코스가 꼭 도로 주행을 위해 만들어진 듯했다. 두 번째 4시간도 같은 곳에 가서 연습했다. 돌아오는 길은 직접 운전을 했는데 손에서 땀이 엄청나게 뿜어져 나왔던 기억뿐이다.

꼭 운전해보고 싶은 길이 있냐는 운전 강사님의 물음에 을지로와 홍대를 꼽았다. 을지로는 오토바이가 많아 무리라는 강사님의 만류에 강변북로를 타고 홍대를 다녀왔다. 햇볕이 강해서 손등이 타들어가는 기분이었다. 오로지 그 감각만 기억날 정도로 정신이 없었다. 10시간의 도로 연수를 채우고 나니 나에게도 썰렁한 차 키에 뭔가를 달아줄 자격이 주어진 것 같았다. 너무 곱기만 하지 않으면서도 티 나게 '힙'하지 않으면서 썰렁하지도 않고 적당히 키치한 키링을 신나게 검색했다. 그렇게 레고 키링을 주문했다. 선인장 인형을 뒤집어쓴 레고가 해맑게 웃는 모습이 마음을 흔들었다. 차 주인인 남편도 무난하게 좋아할 것 같았다.

그 뒤로 1~2일에 한 번씩 차를 가지고 나간다. 주차부터 하기 힘든 동네라 나갔다 들어오는 것만으로도 든든하게 연습이 된다. 자주 가는 곳은 이마트와 옆 동네 카페 정도지만 단거리라도 자주 나가서 운전이라는 습관을 쌓고 싶다.

조수석에 누군가가 있을 때는 몰랐는데 혼자 처음 운전했던 날 기분이 색다르고 묘했다. 작년 연말 의도적으로 피하려고 했던, 당시에는 짓눌려 있던 기쁨이 스멀스멀 고개를 들었다. 성취감이었다. 아무 목적 없이 늦잠을 자고 일어나 로파이 음악을 틀고 원두를 내리는 여유로움과는 또 다른 감각이었다. 푸르스름한 아침에 눈을 떠서 귀 마사지로 잠을 깨우며 오늘은 어떤 재미난 일이 일어날까 하는 기대에서부터 이어진 설렘이었다. 그래봤자 10분 거리 동네 마트였는데 혼자 첫 운전을 무사히 해냈다는 보람을 맛본 것이다.

단정 짓기 좋아하던 예전의 나였다면 다시금 맛본 성취감에 취해 재미를 찾아 더 부지런을 떨겠지만 지금은 그저 이정도 기분을 즐기고 싶다. 인생은 직선이 아니라 가끔은 우리집 앞 골목 같고 가끔 강변북로 같겠지. 다양한 순간에 대비하기 위한 힘을 비축해두는 중이다.

내 가계부 교통비 카테고리에 주차 요금이 추가되면서 사노 요코 할머니의 말처럼 인생의 맛이 깊어진 기분이다. 귀엽고 적당히 하찮은 우리 집 차 키링을 흔들며 지하 주차장을 내려갈 때마다 긴장과 설렘의 롤러코스터를 타는 요즘, 적당히 좋다. 그래서 오래오래 좋을 것 같다.

물건이 건네는 위로

오늘이 소중해지는 애착 사물 이야기

초판 1쇄 발행 2020년 10월 12일

지은이 AM327(김민지)
펴낸이 성의현
펴낸곳 미래의창

편집주간 김성옥
책임편집 한미리
마케팅 연상희 · 안대근 · 김지훈 · 이보경

등록 제10-1962호(2000년 5월 3일)
주소 서울시 마포구 잔다리로 62-1 미래의창빌딩(서교동 376-15, 5층)
전화 02-338-5175 **팩스** 02-338-5140
ISBN 978-89-5989-685-1 03810

미래의창은 여러분의 소중한 원고를 기다리고 있습니다. 원고 투고는 미래의창 블
로그와 이메일을 이용해주세요. 책을 통해 여러분의 소중한 생각을 많은 사람들과
나누시기 바랍니다.
블로그 miraebookjoa.blog.me **이메일** mbookjoa@naver.com